怪谈

〔日〕
小泉八云

著

常晓宏 译

かいだん

小泉八雲　こいずみ　やくも　怪談

PATRICK LAFCADIO HEARN

KWAIDAN

天津出版传媒集团

天津人民出版社

転生譚

妖怪と悪霊のたくらみ

目录

「怪談」八の旅

女と男の恐い話

「怪談」八の旅

第一章

怪談之旅

小豆とぎ橋

磨小豆桥

　　松江城东北方向普门院附近有一座桥，称为磨小豆桥。据说很久以前，每天夜里都有女鬼坐在桥畔磨红小豆，该桥因此而得名。

　　日本有一种叫作杜若的花，紫色的花朵十分鲜艳，谣曲"杜若"的名称即源于该花。可是，传说在磨小豆桥一带，绝不能吟唱此曲。其缘由虽无从得知，但在这座桥上现身的幽灵闻听此曲便会勃然大怒，给吟唱者带来灭顶之灾。

　　从前有一名武士，他夸下海口说在这个世界上没有他所畏惧之物。一天夜里，武士经过磨小豆桥，便故意高声吟唱起"杜若"来。由于此时并没有幽灵出现，武士便一笑了之，踏上归途。

　　他刚来到府邸大门口，就看到一个身材窈窕、美丽动人的陌生女子站在那里。女子躬身行礼，递上一个古代女性使用的装书信的漆匣。武士也态度凛然地还礼致意。只听那女子说道："我只是一名普通侍女，夫人嘱我交此物于你。"

说完，这个女子就在眼前消失了。

武士打开箱子一看，发现里面竟盛着一颗血淋淋的小孩头。武士忙奔进家中，只见他年幼的孩子躺倒在客厅里，已然气绝身亡。

水飴を買う女

买麦芽糖稀的女子

水飴を買う女

买麦芽糖稀的女子

　　大雄寺墓地所在的那条街道叫中原街，寺庙里流传着这样一个故事。

　　中原街有家糖果店出售麦芽糖稀，以前没有乳汁的话，就用麦芽糖稀代替乳汁喂给婴儿吃。

　　每到深更半夜，都会有一个女子来这家糖果店买麦芽糖稀。这个女子脸色苍白、瘦骨嶙峋，总是穿着一件白色的衣服，每天都会来买一文钱的麦芽糖稀。因为女子太瘦弱了，而且脸色也很难看，所以糖果店老板很是担心。虽然老板也问过她是不是哪里不舒服，但女子总是沉默不语。

　　老板觉得其中一定有什么原委。终于，有一天晚上，老板决定悄悄跟在女子身后一探究竟。看到女子竟走进坟地，糖臮店老板吓得慌忙逃走了。

　　第二天晚上，女子又来到店里。可是那天女子并没有买麦芽糖稀，她冲老板招了招手，意思像是让老板跟她走。老板和朋友一起跟着女子走到坟地。女子刚走近一座坟前就突然不见了踪影。

这时，那个坟墓下面传来婴儿的哭声，他们扒开一看，发现每天晚上来买麦芽糖稀的那个女子就躺在那里，身边还有一个婴儿。婴儿很健康，他看着灯笼光直笑。

婴儿身旁放着一个盛有麦芽糖稀的小碗，原来女子去世前已有孕在身，下葬后她在坟墓里生下了孩子。所以女子的鬼魂才会在每天夜里去买麦芽糖稀给婴儿吃。母爱的力量真是无比强大，足以超越死亡！

子捨ての話

弃子的故事

从前，出云国（现岛根县东部）一个叫作持田浦的村子里住着一位平民。这个男子一贫如洗，甚至连孩子都养活不了。

他的老婆一生下孩子，他就把孩子丢到河里溺死。在村里人面前，他却掩饰说是死胎。婴儿里男孩女孩都有，但是只要孩子一出生，就一定会在当夜被扔到河里去。

就这样，六个孩子都被他给淹死了。

然而随着时日推移，男子的生活逐渐变得富裕起来。他买田置地，手里也有了一些储蓄。这时，他的老婆生下了第七个孩子，是个小男孩。

男子说："我们现在终于也可以养活一个孩子了，等我们老了，就有儿子照顾我们了。这个孩子看起来还不错，我们就先养养看吧。"

孩子一天天长大了，男子觉得自己以前对养不好孩子的担心纯属多余。他心里越来越觉得自己的孩子可爱得不得了。

夏日的傍晚，男子抱着孩子来到院子里。孩子出生已经有五个月了。

那晚月亮很大，是个美好的夜晚。于是男子情不自禁地大声赞叹道：

"啊，今天晚上太难得了！"

这时，婴儿一动不动地仰视着男子，宛如成人般开口说道："父亲，你狠心把我扔掉的那个月圆之夜，也像今晚一样美好呀。"

说完这些，婴儿的表情恢复如初，再也不发一言。

男子从此削发为僧。

鳥取の布団

鳥取棉被

鳥取の布団の話

鸟取棉被的故事

　　这是一个许久以前的故事。一名行商投宿在鸟取城的一个小旅店里，旅店老板诚心诚意地招待了这位客人，殷勤备至。这家旅店新开张不久，老板想赢得一个好口碑。因为本钱不是那么充足，所以日常使用的家具、器物等都采买自旧货商店。尽管如此，室内却干净利落、井然有序，令人感到心情舒畅。

　　行商心情很好，酒足饭饱后就钻进店家准备的棉被里睡觉。酒喝多了酣然大睡乃是常事，尤其是在略带寒气的夜晚钻进暖烘烘的被窝之后。

　　可是，就在客人睡得迷迷糊糊的时候，他听到房间里有小孩子的说话声，于是就睁开了眼睛。

　　"哥哥，你冷吧？"

　　"你呢，也冷吧？"

　　有不认识的小孩子闯进房间来，虽然实在令人感到不快，但客人却并不觉得有多么奇怪。说起来在日本的这种小旅馆，房门都不上锁，房间与房间之间仅仅靠隔扇隔开。所以客人认为，这两个孩子是在黑暗中误闯进自己房里来了吧。

客人善意地提醒孩子们走错了房间。于是房间里安静了下来。可是没过多久，只听得一个柔弱悲切的童声问道：

"哥哥，你冷吧？"

这时，另外一个童声轻声细语回应道：

"你呢，也冷吧？"

客人爬了起来，他点亮灯笼里的蜡烛，环视房间。奇怪，房间里看不到任何人，拉门和隔扇都关得很严。客人又打开壁橱，可是里面空空如也。客人觉得莫名其妙，他亮着灯笼躺回被子。于是刚才那悲切的童声马上又传入耳中。

"哥哥，你冷吧？"

"你呢，也冷吧？"

这时，客人才感到毛骨悚然，不寒而栗。这并非因夜晚寒气侵袭，是反复不断传来的孩子的声音，让客人吓破了胆。因为这个声音正是来自棉被之中，来自他盖的棉被之中！

客人慌慌张张地卷起行李蹿下楼梯，他叫醒旅店老板，讲述了事情的原委。老板很不高兴地回答说：

"这样的事情我想不会有，为了能让客人们住得舒舒服服，我们已经竭尽全力。您可能是喝多了，才会做这样的噩梦吧。"

但是客人并不同意老板的说法，他付完房钱，就出去找其他旅店投宿了。

第二天夜里，另外一个客人希望住上一晚。深夜时分，旅店老板又被客人叫醒了，他又听到了和昨晚同样的说法。与上一位客人不同，这位客人滴酒未沾。旅店老板满腹狐疑，莫非这是竞争对手想搞垮自家旅店的阴谋诡计？他怒不可遏地说：

"为了能让您住得舒适，我们店费尽了心思，可是您说的事情实在荒唐，令人不快。这家店可是我们赖以谋生的支柱。那种无中生有的事情，请您不要乱讲。"

听了老板的话，客人也十分生气，他大声谩骂着店老板，拂袖而去。

客人离去之后，店老板心生疑虑，于是他到空空如也的房间里去查看棉被的情况。走进房间不久，他也听到了孩子的对话声。客人所言果然不虚。除了一床棉被能听到声音外，其他的棉被都不会发出声响。店老板把那床棉被搬到自己的房间，当晚就盖在身上。孩子的对话一直反复持续到天快亮。

"哥哥，你冷吧？"

"你呢，也冷吧？"

老板一晚上都没能合眼。

天刚一亮，旅店老板就到旧货商店去询问这床棉被是从谁那里收来的。旧货商店的老板也一无所知。他说棉被是从一个小店买来的，那个小店的老板是从位于城镇尽头一个更小的小店买来的。就这样，旅店老板一家挨一家去打探棉被的来历。

终于，棉被最初的主人找到了，它曾经为一户极其贫困的家庭所有。那户人家租了房子，是住在附近的房东把那床棉被卖掉的。关于棉被，有着这样一个故事。

这户贫困的家庭租了一个很小的房子，房租仅仅六十钱，可对这户贫寒的家庭来说依然数额不菲。这家的父亲每月只能挣两三百钱，孩子的母亲也生了病，长年卧床不起。家里有两个小男孩，一个六岁，另一个八岁。而且因为这户人家来自外地，所以在鸟取没有一个熟人相助。

一个冬天，孩子的父亲也病倒了，一周之后竟然撒手人寰。病弱的母亲也随之亡故，只留下了年幼的兄弟两人。两兄弟从此无依无靠，为了糊口就卖掉了身边的所有东西。

家里也没有什么值钱的物品，他们先卖掉了死去父母的衣物，接着把自己的衣服也卖了。不管是棉衣还是简陋的家具，就连取暖的火盆、餐具等零零碎碎的东西也都一一变卖了。每天，他们都会去卖点东西，卖来卖去最后只剩下了一床棉被。他们也没什么可吃的了，连房租也付不起了。

冬天进入大寒以后，严寒袭来，冷风凛冽。一天，大雪纷飞，积雪如山，兄弟两人只能窝在家里。他们俩蜷缩在家中唯一的一床棉被里，一边打着哆嗦一边互相关心安慰：

"哥哥，你冷吧？"

"你呢，也冷吧？"

屋子里没有一点热气儿，也没有任何取暖的东西。周围一片昏暗，冰冷刺骨的寒风呼呼地刮进家里来。

听着狂风的怒吼声，兄弟俩陷入了恐惧之中。可是，比狂风更可怕的是房东。房东面目狰狞、冷酷无情，态度如恶鬼一般。他半夜叫醒兄弟俩，要他们交房租。看到兄弟俩付不起房租，房东就抢走了他们唯一的棉被，并且还锁上房门，把兄弟俩赶到了雪地里。

因为家里所有的衣物都被卖掉拿去换吃的了，这时兄弟俩身上只穿了一件又单又薄的蓝衫。更可怜的是，两人无家可归。附近虽然有一座祭祀观音菩萨的寺庙，可对兄弟俩来说，要想在深厚的积雪中走到那里，简直是无法完成的事。于是兄弟俩看准房东离去后，就偷偷藏到了房子后面。

　　兄弟俩紧紧依偎在一起，不一会儿就在严寒中陷入了沉睡。

　　睡梦中，神灵为兄弟俩盖上了一床崭新的棉被。新棉被白得耀眼，舒适无比。两个人再也不怕冷了，但他们也从此再没有醒来。

　　过了好几天，才有人发现了两兄弟的遗体，把他们埋葬在千手观音堂的墓地里。

　　听完这个故事，旅店老板就把这床棉被敬奉给了寺庙，请求寺庙的僧人为兄弟俩念经祈祷，超度他们往生极乐世界。自此以后，这床棉被再也没有发出奇怪的声音。

帰ってきた死者

亡魂归来

　　从前，也不记得是哪位大名统治的时代了，总之，在这个古老的城镇里有一对互相深爱着的青年男女。两个人的名字无从知晓，只有他们的故事流传至今。

　　他们两人自幼就订下婚约，因为两家距离很近，所以从儿时起就经常在一起玩耍。长大以后，两人更是互相倾心，难舍难分。

　　男子成人之前不幸父母双亡。他到一家关系亲密、家境富裕的武士人家效力。因为男子知书达礼、聪慧过人，兼有一身武艺，所以马上就得到了主公的青睐。男子也很期盼自己能够早日出人头地，好配得上未婚妻。

　　但是东北地区发生战乱，男子接到命令要跟随主公奔赴战场。即便如此，男子出征之前仍想方设法和未婚妻相会，他在女方父母面前立下誓言表明心迹。而且男子还承诺，如果他在一年之内活着回来，就会和女子成婚。

那个年代不像现在，没有邮政系统，所以男子出发后便音信全无。光阴荏苒，岁月流逝，女子担心着战局的发展变化，她一天天地憔悴下来，身形日渐消瘦。其间，有人从战场回来给当地的大名报信，女子从他那里探听到了男子的消息。还有一次，她通过别的使者知道了男子的讯息。

然而从那以后便音信全无。对等待的人而言，一年的时间漫长无比。结果，到了第二年，男子还是没有回来。

之后，冬去春来，春来秋往，男子一点也没有回来的迹象。女子心想，心上人莫非已战死沙场？百般忧思苦恼中，女子终于一病不起，气绝身亡后被家人葬于土中。女子的父母年老体衰，又无其他子嗣，悲痛欲绝之情难以名状。二老孤独凄凉，他们再也不想在家里待下去了。

终于，女子的父母决定处理掉自己的所有财产，到全国各地的日莲宗寺庙去拜佛许愿，以此了却余生。于是除了先祖的牌位和佛具等不可交与他人之手的东西外，他们变卖了房屋和一应器物。由于要远走他乡，按照当地的习俗，他们把亡女的牌位寄存在日常布施的檀那寺中。这座寺庙属日莲宗派，檀那寺又称妙高寺。

老两口离开家乡仅仅三四天，女儿的未婚夫就回来了。为了实现自己的诺言，男子得到主公的许可便匆匆往家赶。他虽然离开了战场，但战乱未绝，在回来路上需要加倍提防敌军，历经千辛万苦才终于回到家乡。然而为时已晚，男子一到家就听到了女子的死讯，他因悲伤过度而大病一场，卧床不起，接连数日都徘徊在生死边缘。

不管怎样，男子虽然逐渐恢复了健康，但满脑子都是痛苦的回忆。他悔不当初，也想追随女子而去，一死了之。于是他决定不如索性在未婚妻的墓前自我了断。男子偷偷溜出房间，携刀向女子长眠的墓前而去。

妙高寺的墓地周围十分荒凉，人迹罕至。男子找到女子的坟墓就跪倒在地，他泪如雨下，合掌祈祷，口中念念有词，准备剖腹自尽。

突然，他听到有女子的声音在呼唤他："夫君！"男子感觉有人抓住了自己的手，他扭头一看，发现未婚妻就跪在自己身旁。未婚妻微微笑着，她的脸色虽然有些苍白，但美貌不减。男子惊奇之余也有点半信半疑，但还是感到欢欣鼓舞，心情十分激动。看到男子激动得讲不出话来，女子便说：

"夫君请勿多疑，你看到的就是我。我没有死，一切都是阴差阳错。家人以为我已气绝身亡，就匆匆将我下葬。父母也因为我不在人世，就到各地拜佛去了。

"可是正如你所见，我现在还活着。我不是鬼，你看到的就是真正的我。请不要怀疑！我懂你的心意，所以每天都在苦苦地等着你，所幸我一片痴心没有错付。

"……可是，我们还是赶快到外乡去吧。因为大家都相信我已不在人世，如果知道我还活着，反而会给我们带来无谓的烦恼。"

就这样，两人神不知鬼不觉地离开家乡，朝甲斐国（现在山梨县）身延村走去，因为那里有一座日莲宗的名刹。女子在路上说：

"我父母朝拜寺庙途中一定会到身延村去。我们若是住在那里，就能和父母重逢，这样大家就可以在一起生活了。"

两人到身延村后，女子说："我们开家小店吧。"

于是两人在去参拜寺庙必经的路边开了家小食品店，经营小孩子们吃的粗点心、玩具和饭菜等，以维持生计。就这样过了两年，不仅小店生意兴隆，他们还生了一个男孩。

转眼，孩子一岁两个月时，女子的父母在拜佛途中抵达身延村。他们想吃点什么填填肚子，就来到了夫妻俩开的食品店。刚来到小店，老两口就看到了身为女儿未婚夫的那个男子。老两口十分惊讶，不禁失声痛哭，遂向男子询问其中原委。男子把女方的父母引入屋内，嘘寒问暖后这样说道：

"请容我禀上实情，您的女儿还活在世上。我们已结为夫妻，并育有一子。内人现在里屋，正陪着孩子睡觉呢。请快进去看看吧，妻子正满心欢喜地等着与二老重逢呢。"

于是在男子匆匆忙忙做款待他们的准备时，老两口便向内室走去。女子的母亲先悄悄走进房内，他们看到孩子正睡得香甜，可是却没找到女儿的影子。女儿的枕头余温尚在，想必刚才就躺在这里。

老两口等待了许久，也到附近找寻，但就是看不到女儿的身影。

突然，老两口发现在孩子盖的被子下有一块小木牌非常眼熟，定睛一看，原来那是他们多年前寄存在妙高寺的亡女的牌位。于是老两口恍然大悟。

幽霊滝

幽灵瀑布

幽霊滝の伝説

幽灵瀑布的传说

伯耆国（现鸟取县西部）黑坂村附近有一处瀑布，唤作幽灵瀑布。为什么叫这个名字呢？我也不得而知。瀑布潭旁有一座小神社，供奉着当地人信奉的瀑布大明神。神社前还立着一个小小的木制功德箱，关于功德箱，流传着这样一个故事。

三十五年前的一个晚上，天寒地冻，在黑坂村采麻场劳作的妇人们结束了一天的工作，聚集在纺纱厂里。女人们围着火盆，津津有味地聊着鬼故事。故事越讲越多，大伙儿不知不觉感到身上阵阵发毛。这时，一个女孩好像还嫌气氛不够阴森，她提议说："今天晚上，谁敢一个人到幽灵瀑布去走一趟？"

听闻此言，女人们好像炸了窝，在一片惊呼声之后她们又笑了起来。

"要是真有这样的人，我把今天采的麻都送给她。"一个人半开玩笑地说，可是她话音未落，"我也给她""我也是"，女人们的起哄声不绝于耳。此外，还有人喊道："我们大家的麻都给她吧。"

这时，一个女人突然从众人中站了起来，她叫安本御胜，是一个木匠的老婆。阿胜每次来采麻时，总用襁褓裹着她两岁的独子，背在身后。

"说好了，你们真会把采的麻都给我吗？要是那样的话，我就去幽灵瀑布走一趟。"

虽然听阿胜这么说，但是大伙儿都觉得难以置信，没有一个人把她的话当成一回事。可是，看到阿胜对此事如此执着，大家最后也认真起来。于是采麻的女人们众口一词说道，如果阿胜确实能去幽灵瀑布走一趟，她们就把自己采的麻全送给她。

"可是，我们怎么知道你到底去没去幽灵瀑布？"不知是谁发现了这一关键问题。于是一位德高望重的老奶奶开口说道："没错，要不你就把那里的功德箱给拿回来吧。"

阿胜大声说道："那好，不就是功德箱嘛。我给拿回来。"话音未落，阿胜就背着熟睡的婴儿从采麻场跑了出去。

那天晚上虽然寒气逼人，但是天空却极为晴朗，阿胜健步如飞。由于天太冷了，路边的人家在寒夜里都紧闭门扉，空荡荡的路上没有一个行人。阿胜来到村尽头的街道上，她在泥泞的道路上飞奔而去，吧嗒吧嗒的脚步声渐行渐远。

道路两侧是开阔的田地，地都上了冻，四周鸦雀无声，天上群星璀璨，阿胜的身影清晰可辨。她沿着大路跑了半个多小时，然后折向通往山崖下面的那条蜿蜒曲折的小路。往前走着走着，小路变得越来越黑，更加陡峭难行。

然而这条小路阿胜再熟悉不过了。不久，耳边就传来瀑布的流水声。道路尽头豁然开朗，阿胜来到山涧，只听得瀑布的轰鸣声响彻云霄。阿胜眼前虽然一片黑暗，但朦胧中那银光闪闪的瀑布就挂在对面，小神社和功德箱的影子也模糊可见。阿胜跑上前去，刚把手放到功德箱上……

　　"喂，阿胜。"

　　这时，水花四溅的瀑布里传来呼唤她的声音，阿胜吃了一惊。她恐惧极了，感到身体僵硬动弹不得。

　　"喂，阿胜！"恐怖的声音再度响起，语气中充满了威胁。

　　然而阿胜可不是一个胆怯的女子，她立刻从惊慌中回过神来，抓起功德箱一溜烟地往回跑。对阿胜而言，不管看到什么或者听到什么，都不会令她感到害怕。她什么都顾不上了，只是拼命地奔跑。直到跑到了大路上，她才终于松了一口气。然后，阿胜沿着通往黑坂村的泥泞道路，吧嗒吧嗒地一路跑了回去。她一到采麻场，就咚咚地砸起门来。

　　看到气喘吁吁抱着功德箱回来的阿胜，采麻的妇人都惊呆了。她们紧张地屏住呼吸，全神贯注地听阿胜讲述方才发生的事情，生怕漏掉一个字。当听阿胜说到瀑布中接连两次传来呼唤她名字的声音时，女人们感到不寒而栗，惊惧之声此起彼伏。

　　"真是个了不起的女人！"

　　"阿胜，你太坚强了！"

　　"我们大家采的麻都送给你！"

　　大家七嘴八舌地说起来。

　　"对了，阿胜，可别把孩子给冻坏了。"老奶奶关切地说。

　　"快点，快把孩子抱到火边来吧。"

"孩子怕是饿了，我现在就给他喂奶。"阿胜说。

"哎呀！阿胜！"

老奶奶一边帮阿胜把襁褓中的孩子从她背上解下来一边说：

"这是什么？你背上怎么全都湿了？"

突然，老奶奶厉声尖叫道：

"哎呀，都是血呀！"

一团血淋淋的婴儿衣服从解下的襁褓中脱落下来，"扑通"一声掉在地板上。襁褓中伸出来的，只有孩子的两只小手臂和两条小腿。

婴儿的脑袋，已经不知去向。

赤穴宗右衛門

赤穴宗右卫门

菊花の契り

菊花之约

"等到了初秋，我一定回来。"

这是发生在数百年前的一个故事。赤穴宗右卫门在离别之际，对他的结义兄弟丈部左门这样说道。当时正值春季，故事发生的地点在播磨国（现兵库县西南部）加古村。赤穴宗右卫门是一名武士，生于出云地区，正准备回故乡一趟。

丈部左门说道：

"兄长的故乡在云蒸霞蔚的出云国[1]，路途遥远。因此现在就约定兄长的归期，是否有些困难？但是若兄长能告知我确切归期，愚弟定会感到欣喜异常。到时，我会为兄长置备好酒宴，站在大门外迎候你归来。"

"这个嘛，如果是这样的话，"赤穴回答道，"愚兄早已习

1　《出云国风土记》第一段中有这样一句话："出云名号之由来，乃八束水臣津野命之敕诏云，八朵祥云升起之地，故得此出云之名。"

惯在外奔波，无论去往何处，所费时日心中大致有数。所以现在不妨和你约下归期，阴历九月九日，重阳之日再见如何？"

"如兄所言，就定在九月九日吧。"

丈部回答说。

"那时想必正逢菊花盛开，愿与兄携手赏菊，期待这一天早日到来……那就说定了，九月九日那天盼兄归来。"

"好，九月九日。"

赤穴许下诺言，笑别而去。他离开播磨国加古村时，丈部左门与年迈的母亲眼含热泪前来送别。

古人云"日月乃百代之过客，流年亦为旅人"[1]。转瞬之间便迎来秋日，到了菊花开放的季节。九月九日一大早，丈部便着手准备迎接结义兄赤穴宗右卫门的到来。

他精心置备了美酒佳肴，收拾好客厅，在壁龛里摆上插满了双色菊花的花瓶。看到儿子如此忙碌，丈部的母亲说：

"我儿啊，出云国距此有七八百里之遥，中间还要翻越好几座大山，想必旅途一定十分艰辛。赤穴大人今天也许不会来了，等他抵达之后，你再费心准备也不迟吧？"

"非也，非也，母亲大人。"

丈部回答说。

"赤穴大人早已约定今日归来，断然不会违背约定。若兄长看到我等他到家之后再行准备，一定会觉得我对他的承诺有所

1　摘自江户时代诗人松尾芭蕉的纪行文《奥之细道》，原文为："月日は百代の过客にして、行かふ年も又旅人也。"典故出自礼拜的《春夜宴从弟桃花园序》，原文为："夫天地者，万物之逆旅也；光阴者，百代之过客也。"

怀疑。这样，我还有何面目去见他？！"

这一日晴空万里，风和日丽。与往常不同，当天的天空尤为澄澈，举目远眺可至千里之遥。从早上开始，就有很多旅客途经村庄而去，其中也能看到武士的身影。丈部不时观察着来来往往的行人，有好几次他都看花了眼，误以为是兄长赤穴来了。

不久，寺庙正午的钟声响起，可是依然看不到赤穴的影子。丈部又等了一下午，但是完全没有兄长赤穴现身的迹象。眼看红日西沉，赤穴还是迟迟没有到来。即便如此，丈部依旧站在大门之外，久久凝视着道路那边。

又过了一阵儿，丈部的母亲走过来说道：

"我儿啊，所谓'男人之心如秋日天气之善变'，菊花绽放明日也不会枯萎，你就先行睡下吧。明天早上再起来等待如何？"

"母亲大人，请您先安歇吧。"

丈部回答说。

"我相信兄长今天一定会回来的。"

不久，母亲回她自己的房间休息去了，丈部依然伫立在大门前不肯离去。

是日夜，天空玉宇清澄，丝毫不逊于白昼。满天群星璀璨，银河较往日更加明亮。村庄里鸦雀无声，大地陷入一片宁静之中，只能偶尔听到小河潺潺的流水声，还有远处不时传来的一两声狗吠。

丈部继续等待着，不知不觉间，皓月西斜，已经落到了小山那边。此时此刻，丈部似乎也无法再坚持等下去了。

就在丈部回身准备走进大门时，他突然发现一个身材魁梧的男子步履轻盈地匆匆走近。一瞬间，丈部就分辨出来者正是赤穴。

"啊，兄长！"

丈部一声惊呼，忙跑到赤穴身旁。

"我从早上开始就一直苦苦等待着兄长……兄长果然守约前来，你累了吧。来来来，兄长这边请。快进来吧！万事俱备，只欠贤兄。"

丈部把赤穴迎往客厅上座，他迅速点亮灯烛，继续说道：

"母亲今晚有些疲惫，已经休息了，我马上去叫醒她。"

"且慢。"赤穴摇了摇头，制止了他。

"既然如此，那就谨遵兄长之命。"

丈部说完，就去加热饭菜。然而，面对美酒佳肴，赤穴却没有动筷。他只是一动不动地坐在那里，沉默不语。过了一会儿，赤穴好像是生怕吵醒丈部的母亲一般，轻声嗫嚅道：

"哎，我来这么晚，其中原委不能不讲。

"愚兄回到出云，才发现所有人都依附在尼子经久周围。尼子经久这个叛臣贼子，他忘恩负义，强行霸占了一代明主盐治扫部介的富田城。我前去走访的堂兄赤穴丹治就住在城里，没想到他也趋炎附势，做了尼子的家臣。堂兄说我从未见过尼子本人，他到底为人如何，我应该当面确认。于是我就听从了堂兄的话，前去拜谒尼子经久。

"虽然尼子勇猛无敌，颇有手段，但是他为人狡猾，行事残忍，愚兄并无意加入他的麾下。待我表明此意后，便辞别而去。然而尼子却命堂兄赤穴丹治百般阻挠，并把我软禁在富田城内。

"我虽然多次据理力争，说九月九日必须返回播磨，但是他们不允许我离开富田城半步。愚兄本想在半夜溜出城去，可由于全天受到监视，实在无计可施。我每天都在苦思冥想，想如何才能找到履行与贤弟约定的良策，一直到今日……"

"什么？一直到今日！"

丈部不禁目瞪口呆，他失声叫道：

"兄长，富田城距此难道不是有七八百里之遥吗？"

"没错。"

赤穴答道。

"一日能行七八百里，绝非寻常人所为。然而愚兄若毁弃前约，你又当作何感想？无奈之际，我突然想起古人云'魂能日行千里'。

"所幸我尚被允许随身佩带刀具，所以为了回到你这里来，我只能出此下策，拔刀自裁……请代我向你的母亲大人问安。"

言毕，赤穴站起身来，转瞬之间便消失得无影无踪。

直到此时，丈部才明白，为了履行和他的约定，赤穴已自尽身亡。

天刚一亮，丈部左门便动身奔赴出云国富田城。

丈部一到松江，就听说了此事。九月九日夜晚，赤穴宗右卫门在其堂兄赤穴丹治的府邸剖腹自杀。于是丈部直奔赤穴丹治府邸而去。对赤穴丹治这种背信弃义的不齿行为，丈部厉声痛斥，然后在众人面前杀死了他，并毫发无损地拂袖而去。

尼子经久闻听此事后，命令属下不要去追杀丈部。尼子经久此人虽卑鄙无耻、冷酷无情，但却十分敬重忠义之士，并深为丈部左门崇高的友情和过人的胆识所折服。

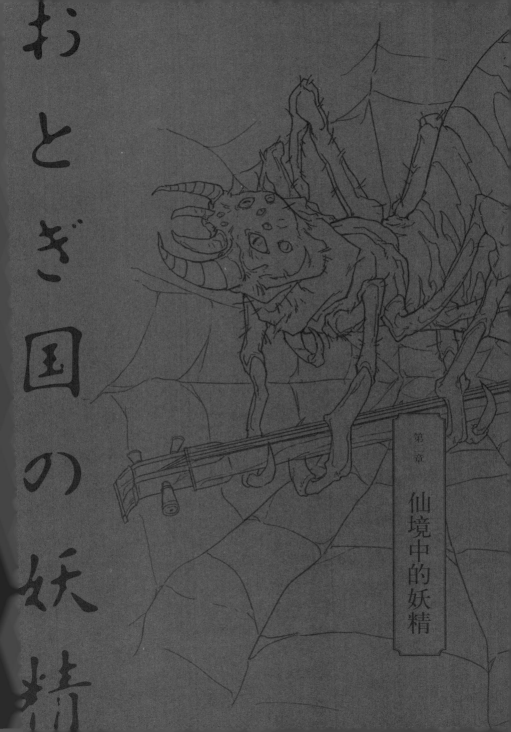

第一章

仙境中的妖精

若がえりの泉

不老泉

很久很久以前，日本的某处深山里住着一个贫穷的樵夫和他的老婆。两个人都已年迈，也没有子女。每当丈夫一个人去森林里伐木时，妻子都会目送他远去。就这样，日复一日，年复一年。

一天，樵夫为了找到一棵中意的木材，闯入了平时从未涉足的深山老林中。突然，他发现脚下有一眼从未见过的小小泉水。这眼泉水冰凉清澄，世所罕见，樵夫忍不住想去喝上一口。更何况，他还在酷暑中劳作了那么久。于是老人就摘下菅笠草帽，弯下腰慢慢捧起泉水含在口中。

喝下泉水后，樵夫感到浑身好像都充满了力量。这时，泉水中自己的模样也映入眼帘。老人不禁大吃一惊，身子猛地往后一仰。没错，这就是自己的相貌。然而这可不是在家中照镜子时所惯常见到的自己。泉水映照出的自己的模样，分明就是一张朝气蓬勃的年轻人的脸。

　　樵夫怀疑是自己的眼睛看错了，他试着把双手放在自己的头顶上摸了摸，结果发现头上长满了浓密的长发。可是，明明就在方才，他用随身携带的蓝手巾擦拭头顶时，那里还是光秃秃的呢。而且他脸上的皮肤就像少年一样富有弹性，皱纹也消失得无影无踪。与此同时，樵夫感到浑身上下都充满了活力。吃惊之余，樵夫看了看自己的手脚，本来自己的四肢遍布皱纹，已经萎缩。而今四肢上的皮肤变得光滑了，也充满力量。原来，老人并不知道他喝下的是"不老泉"的泉水，他只是喝了一口，就返老还童了。

　　樵夫兴奋地大叫一声，便一跃而起，向家里飞奔而去。有生以来，他还从来没有跑这么快过。

　　看到跑进家中的樵夫，他的妻子却吓了一大跳，因为她以为是个陌生人闯了进来。不管樵夫怎么解释，妻子就是不相信刚才发生在樵夫身上的那些神奇的事情。定睛看了许久之后，樵夫的妻子才终于相信眼前的年轻人正是自己的丈夫。然后樵夫就把不老泉的位置告诉妻子，希望她和自己一同前往。

　　于是樵夫的妻子说：

　　"你现在变得这么年轻英俊，肯定不会喜欢我这个老太婆了。我也得赶紧去喝你喝过的那种水。可要是咱俩一起去，就没人看家了，这可不行。我先一个人去，你就留在这里等我吧。"

　　说完，樵夫的妻子就急匆匆地独自奔向森林。

　　妻子一看到泉水，就赶紧蹲下去喝起来。哎呀，如此清凉甘甜的泉水，真是太好喝了。

——咕嘟咕嘟，咕嘟咕嘟，咕嘟咕嘟。

她刚刚歇了一口气，就又大口大口地喝起来。

樵夫一直在耐心地等着妻子回来。他心里想，饮过泉水后回来的妻子，一定会变成身材苗条、温柔可爱的美人。可是，左盼右盼，樵夫都盼不到他妻子回来。这下樵夫可着急了，他锁上门就出去找妻子了。

樵夫到了不老泉，却看不到妻子的半点人影。无奈之下正要回去时，他却听到附近草丛里传来阵阵微弱的哭声。樵夫上前一看，那里躺着一个婴儿，婴儿的穿着和妻子一模一样。这么小的婴儿，恐怕也只有半岁左右吧。

原来，樵夫的妻子喝水喝过了头儿，魔法之水带她穿越少女时代，直接把她变成了不会说话的婴儿。

樵夫把婴儿抱在怀里，婴儿悲伤而不安地抬头看着他。——樵夫轻声哄着婴儿，沉浸在难以名状的悲哀中，抱着婴儿回家去了。

ちんちん小袴

穿武士服的小人

ちんちん小袴

穿武士服的小人

　　日本房屋的地板上，铺着整洁的榻榻米。榻榻米是用灯芯草编织而成的，因为榻榻米需要一块接一块地铺满整个房间，所以每块榻榻米之间几乎没有什么缝隙，就连小刀的刀尖都很难插进。榻榻米一年至少需要更换一次，而且要始终保持一尘不染的状态。

　　日本人在家里是不穿鞋的，也不会像英国人那样使用椅子和桌子。人们在榻榻米上睡觉、用餐，有时也会坐在上面写东西。所以，人们总是要保持榻榻米的清洁。小孩子刚一懂事，就会被大人们反复教育不要损坏榻榻米、不要弄脏榻榻米等。

　　日本的儿童彬彬有礼，很有教养。去日本旅行的人们总是在书中这样写道：与英国的儿童相比，日本的儿童很听父母的话，也不调皮捣蛋。他们很爱护物品，不会把东西弄得脏兮兮的，即便是自己的玩具，也不会随意弄坏。

日本女孩从小就会精心爱护自己的娃娃，不会弄坏它。即便在成年结婚以后，小时候玩过的娃娃依然完好无损，备受珍爱。如果生的是女孩，妈妈还会把娃娃传给下一代。女儿也会像她妈妈一样好好保护这个娃娃，直到长大成人后再送给她自己的孩子。小外孙女也如同自己的姥姥一样爱惜这个娃娃，和它玩耍。

　　我见过好几个这样代代相传的娃娃，它们虽然都有一百多年的历史，但是看起来就像全新的一样。这样一来，我们也会明白榻榻米总是能够保持洁净如初的理由吧。因为日本的儿童们绝对不会在榻榻米上胡闹，划伤或者弄脏榻榻米。

　　你们肯定想问我，日本的小孩子都是这样听话的好孩子吗？这个嘛，当然多多少少也有淘气的孩子。那么，你说那些家里有淘气包的榻榻米会变成什么样子啊？这个嘛，不用担心，榻榻米里面住着精灵呢，它们会好好守护榻榻米的。

　　其实严格来讲，过去是有榻榻米精灵的，它们会惩罚或者吓唬那些弄脏榻榻米的坏孩子们。日本现在是否还有这种小精灵，我们不得而知。自从铁路和电线杆这些新事物进入日本以后，精灵似乎就被吓跑了。但是有关榻榻米精灵的故事，即使至今也广为流传。

　　从前，有一个长相极其可爱的女孩，但却十分懒惰。女孩家境富裕，家里雇了很多用人。大家很宠爱这个小女孩，就连她自己应该做的事情也都给包办了。因此女孩自己什么都不会做。

　　女孩长大后出落成一个漂亮的大姑娘，但是她懒惰的性格却丝毫没有改变。每天都有侍女来帮她穿脱和服，以及梳理头发。在侍女的精心照顾下，她看起来总是那么光鲜美丽、可爱动人，根本不像是一个邋遢的姑娘。

后来，这个女孩和一个非常出色的武士结了婚。她搬到夫君家后才发现，家里几乎没有什么用人。之前一直交给别人做的事情，如今全都需要自己动手，不像原来在娘家那样有那么多用人来帮忙。女孩顿时觉得手足无措，她一个人穿起和服来也很费劲。另外女孩也不会打理衣物，想要在丈夫面前整洁美丽一些都很困难。

所幸，丈夫因外出征战很少在家，女孩干脆就一味懒散下去。公公婆婆年事已高，且性情温和，他们对这样的儿媳妇也没有什么责备之言。

丈夫外出的某天夜里，年轻的妻子被一阵奇怪的声音弄醒了。她还以为发生了什么事，就点亮灯来看。于是她看到了很多奇怪的东西，这些东西到底是什么呢？

原来是好几百个小人儿啊！这些小人儿仅仅有大拇指尖那么大，都是一些装扮相同的武士，围绕着自己的枕头在跳舞。通常，日本武士的礼服为上衣下裙式的服装，肩膀处棱角分明，头上绾有发髻，腰间插着两把日本刀。武士小人儿们看着女主人，一边跳一边笑，还反复不停地唱着歌：

武士裤裙[1]真小巧，

三更半夜全来到。

您要安然入梦乡，

咚咚锵，咚咚锵。

小人儿们讲话虽然客气，但是年轻的妻子知道他们是来戏弄自己的。因为他们一边欢快地唱歌一边用手指翻开下眼皮，冲她做鬼脸。

年轻的妻子想上前抓住这些小人儿，可是小人儿们身手敏捷，蹦来跳去，根本就抓不到。她想把小人们赶走，可怎么也办不到。

小人儿们唱个不停，无情地嘲弄着武士的妻子。这时，年轻的妻子意识到，这些小人儿该不会是妖怪吧？她突然害怕起来。她本想大声呼救，可却喊不出声来。

小人儿们一直跳到天亮，才一下子消失了。这件事，年轻的妻子没有告诉任何人。因为作为武士的妻子，竟然害怕那样的事情，简直难以启齿。

第二天夜里，小人儿们又出现了，他们继续唱歌跳舞。就这样，第三天晚上、第四天晚上……小人们儿每天夜里都会在丑时准时出来。"丑时"是东方人的叫法，没错，丑时相当于西方半夜两点钟左右。终于，由于睡眠不足和极度恐惧，年轻的武士妻子病倒了。即便如此，小人儿们看起来也丝毫没有放过

---

1 歌谣中出现的武士裤裙是指那种后摆短小，普通尺寸的裤裙。

她的意思。

一天，武士从战场上回来了。他看到妻子卧病在床，感到非常担心。起初，妻子害怕丈夫知道她生病的原因而奚落她，所以就什么都没有讲。可是，由于丈夫心地善良，对她百般体贴，妻子便道出了丈夫不在家时所发生的一切。

丈夫丝毫没有嘲笑妻子的意思，他表情严肃，沉默良久后问道：

"那些小人儿何时出来？"

"他们总是出现在同一时刻，就是丑时。"

"好，今夜我就躲在暗处一探究竟。你千万别害怕！"

这天夜里，武士躲在卧室的壁橱里，他从纸拉门的缝隙里向外张望。等一到丑时，武士便目不转睛地看着外面。突然，小人儿们从榻榻米里冒了出来，开始唱歌跳舞。

武士裙裤真小巧，

三更半夜全来到。

这些装扮奇特的小人们儿跳着滑稽的舞蹈，躲在壁橱里的武士忍不住要笑出声来。可是，再看看妻子，妻子却满脸恐惧。武士突然想起来，传说世界上的妖魔鬼怪都很惧怕武士的佩刀。于是武士便拔出刀来，从壁橱里飞身跃出，向正在跳舞的小人儿们砍去。

刀锋落下的瞬间，小人儿们变成了一样东西，摊在地上。你猜他们都变成什么了？是牙签！武士小人儿们都消失得无影无踪，只有许多牙签散落在榻榻米上。

原来，都是因为懒惰的妻子没有好好处理用过的牙签，才落到了这步田地。每次妻子用过牙签后，都把牙签插进榻榻米之间的缝隙里。年轻妻子的所作所为令榻榻米精灵大为震怒，因此才派小人儿们来惩罚她。

武士劝告妻子不能再这样懒惰下去了，妻子羞愧难当，不知所措。武士唤来女仆，把牙签收集起来，一把火烧掉了。从此以后，那些小人儿们再也没有出现过。

另外，还有一个关于懒惰女孩的故事。这个女孩经常吃梅子，每次吃完梅子就把梅核藏在榻榻米的缝隙间。虽然无人知道她的所作所为，可是时日一长，终于把榻榻米精灵惹怒了，它决定惩罚一下女孩。

就这样，每天晚上在同一时刻，穿着红色宽袖和服的小女孩们就从榻榻米中冒出来，愁眉苦脸地围着懒姑娘跳舞，不让她睡觉。

有天夜里，女孩的母亲前来值守，她把跳舞的小人儿们痛打了一番。结果，小人儿们都变成了梅子核。就这样，女孩的坏习惯暴露无遗。据说，自此以后这个女孩痛改前非，成为一个举止端庄的勤快孩子。

団子をなくしたおばあさん

丢失饭团的老奶奶

　　很久很久以前，有一位快活的老奶奶。老奶奶总是喜笑颜开的，很喜欢制作饭团。

　　一天，老奶奶准备晚饭时，一个饭团掉在了地上。饭团一下子滚进厨房地面上的小洞里，踪迹全无。老奶奶把手伸进洞中，想取出饭团。结果，转瞬之间地面塌陷，老奶奶掉了下去。

　　老奶奶感觉自己掉进了一个很深的地方，但是却毫发无损。她爬起来一看，发现自己站在一条路上，这条路看起来就像她家门前那条路一样。四周亮堂堂的，眼前是一望无际的水田，但是却看不到人影。

　　老奶奶也不知道究竟发生了什么事，她好像闯入了一个完全不同的世界。

　　老奶奶滚落下来的那条路，是一个陡坡。所以老奶奶心想，她找不到饭团，一定是因为饭团滚到更远的地方去了。于是老奶奶就一边高高兴兴地嚷着，一边顺着陡坡下去找饭团。

"饭团呀饭团，我的饭团你跑到哪儿去了？"

没走多远，老奶奶就看到了路边站着的地藏菩萨石像。老奶奶面对地藏菩萨说：

"哎呀，地藏菩萨，您有没有看见我的饭团啊？"

地藏菩萨回答道：

"啊，你的饭团呀，它从我面前滚过去了。可是，你最好还是别再往前走了，因为前面住着恶鬼呢。听说那恶鬼还吃人呢。"

然而老奶奶只是笑了笑，就又大声呼喊着跑远了。

"饭团呀饭团，我的饭团你跑到哪儿去了？"

不久，老奶奶又看到了一尊地藏菩萨，她就上前问道：

"哎呀，地藏菩萨，您有没有见到我的饭团啊？"

地藏菩萨回答说：

"啊，我看到饭团滚到前面一点去了。但是你不能再往前走了。因为那里有可怕的食人鬼。"

尽管这样，老奶奶仍然只是笑了笑，还是大声喊着跑远了。

"饭团呀饭团，我的饭团你跑到哪儿去了？"

就这样，老奶奶遇到了第三尊地藏菩萨。

"哎呀，那个什么，地藏菩萨，您知道我的饭团在哪儿吗？"

可是，这次地藏菩萨却说道：

"你先别把饭团挂在嘴边了，恶鬼马上就要过来了。你赶快藏在我的袖子后面，决不能发出一点声音啊！"

不一会儿，恶鬼就来到了地藏菩萨跟前，它站住脚，给地藏菩萨鞠了一躬，说道：

"你好，地藏。"

地藏菩萨也很有礼貌地回礼寒暄。

这时候，恶鬼突然满腹狐疑地吸了吸两三下鼻子，它厉声叫道：

"地藏，地藏！我怎么闻到哪儿有人的气味呢？！"

"是吗？"地藏菩萨说，"你不会是搞错了吧？"

"不对，不对！"恶鬼又使劲闻了闻说道，"我闻到的就是人的气味！"

于是，快活的老奶奶忍不住笑出声来。

"嘿，嘿嘿嘿。"

这一下，恶鬼伸出毛茸茸的大手，不容分说就把躲在地藏菩萨袖子后面的老奶奶给拽了出来。

"嘿，嘿嘿嘿。"

都到这时候了，老奶奶还是笑个没完。

"你看，不就是有人嘛。"恶鬼大喊道。

这么一来，地藏菩萨说：

"你想对这个善良的老奶奶干什么？你可不能伤害她啊！"

"我没想伤害她。"恶鬼回答说，"我要带她回家给我做饭。"

"嘿，嘿嘿嘿。"总是快活的老奶奶仍旧笑个不停。

"这样可以。"地藏菩萨说，"你要是这么说，那可得对老奶奶好点。否则，我眼里可揉不进沙子。"

"我肯定不会欺负老奶奶的！"恶鬼保证道，"她每天给我们干点活儿就好，再见，地藏。"

然后恶鬼带着老奶奶沿着坡道往下走。就这样，他们来到了一条大河边。那条河又宽又深，岸边的绳子上还系着一条船。恶鬼让老奶奶坐在船上，一起渡河到对岸，把老奶奶领回了家。

恶鬼的家是一座很大的宅院，他刚把老奶奶领到厨房，就吩咐老奶奶给住在这里的所有鬼怪们做晚饭吃。恶鬼递给老奶奶一把木饭勺，交代说：

"每次做饭时，锅里只放一粒米就足够了。然后你把水倒进去，接着就用这个饭勺在水里搅拌搅拌，这样大米就会把整个锅都填满的。"

于是老奶奶就照恶鬼所说的那样，只往锅里放了一粒米，之后就用饭勺开始来回搅拌起来。随着老奶奶饭勺的搅动，大米从一粒变成了两粒，然后是四粒、八粒，进而变成了十六粒、三十二粒、六十四粒……就这样不断地增加下去。饭勺每动一下，大米的数量就会持续增加。还没过几分钟，大米满得都要从大锅里溢出来了。

从此以后，老奶奶就无忧无虑地在恶鬼家里住了下来。每天，她都给恶鬼和他的同伴们做米饭吃。恶鬼说到做到，从来没有欺负或者吓唬过老奶奶。多亏有了魔法饭勺，老奶奶工作起来也十分轻松。尽管如此，由于恶鬼的饭量是人类的好几倍，所以老奶奶必须准备数量可观的米饭。

很快，老奶奶就开始觉得这样的日子很无聊，她在心里盼着能回到自己的小屋做饭团吃。终于有一天，趁恶鬼们全部外出的空隙，老奶奶打算逃出去。

老奶奶拿起魔法饭勺，把它别在了腰带下面。然后她就神不知鬼不觉地朝河那边走去。船就在岸边，老奶奶一坐上船，就把船从岸边撑了出去。老奶奶是划船高手，所以小船很快就远离了河岸。

可是，河面实在太宽了，老奶奶在河上还没划过四分之一，恶鬼们就都回家来了。他们发现做饭的老奶奶和魔法饭勺都消失得无影无踪，便慌忙向河边奔去。这时，老奶奶正坐在船上奋力向河对岸划呢。

可能恶鬼不会游泳吧，况且现在又没有船。为了抓住那个快活的老奶奶，恶鬼们想出了一个办法：在老奶奶完全抵达河对岸之前，恶鬼们要把河里的水全部喝光。于是恶鬼们就一齐跪下来，开始拼命喝起水来。因此老奶奶还没划到河中心，水位就已经变得很低了。

看到这种情况，老奶奶仍然继续往前划。这时，由于河水变得很浅，恶鬼停下喝水，开始过河了。于是老奶奶放下船桨，从腰带处拔出魔法饭勺，冲鬼怪们挥舞着，还扮鬼脸给他们看。看到老奶奶的怪模样，恶鬼们不禁开怀大笑起来。

可是，就在恶鬼们放声大笑的瞬间，一不小心就把刚才喝进去的水全都吐了出来。这么一来，河里就又充满了河水。快活的老奶奶抛下无法渡河的恶鬼，平安无事地抵达了对岸。一上岸，老奶奶就使出全身所有的力量飞奔而逃。

她跑啊跑，跑啊跑，终于跑回了家。

从此以后，快活的老奶奶过着非常幸福的生活。只要老奶奶一高兴，就开始做饭团。而且她还用魔法饭勺给自己做米饭吃。老奶奶把饭团卖给附近的人或经过此地的旅人，没过多久，她就富甲一方了。

猫を描いた少年

画猫少年

猫を描いた少年

画猫少年

　　很久很久以前，日本乡下的某个小村子里住着一个贫民和他的老婆。夫妇二人淳朴善良，他们有许多孩子，能把这么多孩子抚养成人并非易事。其中年龄最大的儿子体格健壮，才十四岁，就能帮父亲干农活。他那些小妹妹们，还没怎么学会走路，也开始给母亲搭把手做家务了。

　　然而只有最小的那个男孩，看起来好像不太适合田间劳作。他虽然聪慧过人，比哥哥和姐姐们都要机灵许多，但却身材矮小，弱不禁风。人们都说，即便成年之后，这孩子也很难变得强壮有力。因此孩子的父母觉得与其让他当农民，还不如让他去寺庙当和尚呢。于是，一天，父母领着少年拜访了村里的寺庙，恳求寺庙的老和尚能收自己的孩子为徒，令他修行佛法，成为一名合格的僧人。

　　老和尚亲切地与少年交谈起来，还试着问了他几个刁钻的问题。没想到，少年竟对答如流。老和尚很喜欢这个孩子，于是就决定收他为徒，让他留在寺庙认真修行。

少年严格遵照老和尚的吩咐行事，对师傅的教导，都能立刻铭记于心。可是，他有一个坏毛病，就是在修行时心里一直想着要画猫。而且就连不能随便乱涂乱画的地方，他也都画上了猫。

每当少年一个人待着时，他总会画猫。从经书，到整个寺庙里的纸拉门、纸拉窗，甚至连墙壁、柱子上都画上了猫的图案。老和尚多次告诫少年不要再画下去了，但是少年无论如何也无法停下画笔来，真可谓是欲罢不能。少年拥有人们常说的那种"绘画的天赋"，然而也不能说少年拥有了这种才能，他就适合成为和尚。之所以这么说，是因为出色的和尚首先必须学习佛教的经典。

一天，由于少年又在房间的隔扇上画了好几只栩栩如生的猫，老和尚终于严厉地对他说："徒儿啊，你马上从这座寺庙里离开吧！你虽然成不了一名出色的僧人，但你有可能成为一个优秀的画师。最后，我给你一句忠告，千万别忘了：'夜间休息时需避开宽敞之地，一定要在狭小的地方安身。'"

听了师傅的忠告——"夜间休息时需避开宽敞之地，一定要在狭小的地方安身"，少年并不明白其中蕴藏的深意。既然必须要离开这座寺庙，少年就一边把衣物包在小包裹里，一边思索着老和尚所说的话。可是，他百思不得其解。如今，少年也不便再向师傅询问，于是只对老和尚道了声"师傅珍重"，便离开寺庙走了。

少年满怀悲伤地走出了寺庙，并不知道下一步该怎么办。少年陷入了沉思，如果就这样回家，父亲一定会责怪自己为什么不听老和尚的教导。想到此处，少年觉得断然不能回家了。

这时，少年忽然想起，距此四十余里的邻村有一座很大的寺庙，听说那里住着好几名僧人。于是少年决定到那座寺庙去，恳请他们收自己为入室弟子。

其实，少年当时并不知道那里已经僧去寺空。据说是因为寺庙里有妖怪出没，僧人们十分惧怕，便四处奔逃，所以那里才空无一人，唯有妖怪休憩。

之后的一天夜里，有数名勇敢的武士到寺庙里去除妖，但是第二天却无人生还。对以上这些事，少年毫不知情，他一心想着庙里的僧人应该会接纳自己，便兴冲冲地向邻村走去。

少年到达邻村时，天已经黑透了，村民们都进入了梦乡。在道路尽头的一处山丘上，耸立着一座宏伟壮观的寺庙。庙里点着灯火，对妖怪之事有所耳闻的人们都知道，这是妖怪为了引诱孤身赶夜路的旅人而故意点起的灯火。

可是，少年却径直奔向寺庙前去叩门。寺庙里鸦雀无声，少年敲了好几下也不见人出来开门。无奈之下，少年试着轻轻推了推大门，没想到大门竟然没有上锁。少年走进寺中，虽然里面点着佛灯，但是却看不到僧人的身影。

少年心想也许很快就会有和尚出来招呼，于是他便坐下等候。这时，少年突然发觉寺庙里脏乎乎的，不仅到处布满尘土，而且还挂着厚厚的蜘蛛网。少年心中暗想，如此这般光景，寺里的和尚肯定需要一个小沙弥为他们洒扫庭院。与此同时，少年心头又有一丝疑惑，这里的和尚们怎么会任凭寺庙如此破败下去？

然而最令少年感到欣喜的是，寺庙里有一扇巨大的白色屏风，在那上面画猫真是再适合不过了。少年虽然已疲惫不堪，但他仍摸出砚台盒，研好墨开始画起猫来。

此时，少年兴致正浓，他一扇接着一扇，在屏风上画了许多只巨猫。画完以后，少年感到心满意足，此时阵阵睡意袭来，他再也支撑不下去了。少年正准备就近在屏风旁边躺下，突然想起了老和尚所说过的话："夜间休息时需避开宽敞之地，一定要在狭小的地方安身。"

空旷而宽敞的寺庙里除了少年以外，再无他人。此时想起师傅的话，少年虽然依旧不解其意，但突然感到不寒而栗。不管怎样，少年决定先找个"狭小的地方"躺下再说。他发现了一个带拉门的小橱柜，就钻了进去并把门拉上。然后他就躺了下来，很快进入了梦乡。

那天夜半时分，少年被一阵可怕的声音惊醒。好像有什么东西在互相搏斗，尖叫声不绝于耳。外面的声音凄厉无比，少年恐惧极了，他屏住呼吸一动不动地躲在柜子里，连透过柜橱缝隙往外看的胆量都没有。

寺庙里燃烧着的灯火倏地熄灭了，各种恐怖的声音在少年耳边不断回响。渐渐地，外面的叫声愈加撕心裂肺，最后整个寺庙都为之震颤。过了好久，周围才终于平静下来。此时少年还停留在恐惧当中，他趴在那里，身体动弹不得。直到早晨的阳光从柜橱拉门的缝隙处照射进来，少年才终于敢动了动身体。

少年从藏身之处慢慢爬了出来，他环视了一下周围，最先映入眼帘的是寺庙地板上四处飞溅的鲜血。而在血泊中央，一只硕大无比的老鼠精倒毙在那里，没想到它的个头竟然比一头牛还要大。

究竟是什么东西把这只老鼠精给消灭了呢？在这座荒废的寺庙里，别说是人，就连一只动物都没有。这时，少年注意到他昨晚在屏风上画的巨猫，猫的嘴边湿漉漉的，上面沾满了殷红的鲜血。

原来，是少年画笔下的猫杀死了老鼠精。此时，少年才恍然大悟，他终于领悟到了师傅话语中的真实意图。

后来，少年成为日本全国闻名的画师。如果你到日本旅行的话，即便是现在也能欣赏到少年笔下的猫咪。

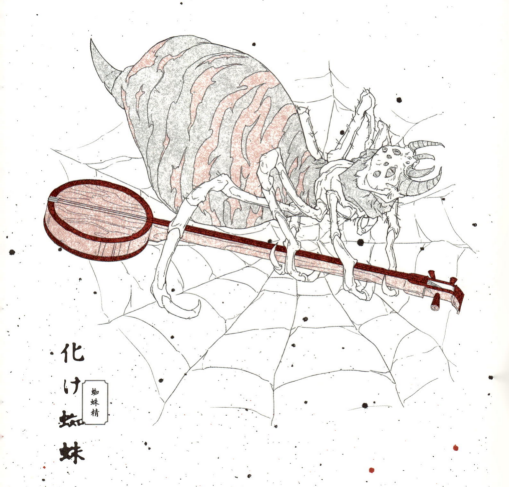

化け蜘蛛

蜘蛛精

化け蜘蛛

蜘蛛精

　　据古书上讲，在日本曾经有许多蜘蛛精。不仅如此，现在还有很多人相信蜘蛛精能一直活到今天。

　　说到蜘蛛精，白天它和普通的蜘蛛并无两样，但是到了深夜，万籁俱静之时，蜘蛛精那滚圆的身体就会变大，恣意妄为地干起坏事来。不仅如此，它还会运用法术变成人的形状来蛊惑人类。

　　下面，就有这样一个广为人知的蜘蛛精的故事。

　　从前，在一个人烟稀少的地方有一座奇怪的寺院，人们都不敢住在那里，因为寺庙的正殿盘踞着一个妖怪。有许多勇敢的武士来寺庙消灭这个怪物，虽然踏进寺庙的武士络绎不绝，但至今尚无一人生还。

　　终于有一天，一个以胆大心细、智勇双全闻名的武士来到这座寺庙，决定在庙里通宵守望，等着妖怪现身。

武士对陪同他前来的人说："如果我能活到第二天早晨，就敲响寺里的钟声告诉你们。"

随后，武士独自留下来掌灯守夜。

寺庙里供奉的佛祖身上布满了尘土，武士就蹲伏在佛坛下面静候深夜来临。他等了很久，外面也没有任何响动，更别说有什么怪物出来了。可是，过了子夜时分，一个只有半边身体和一只眼睛的怪物出现了。

"有人味儿！"怪物说。

可是，武士却纹丝不动。于是怪物便走开了。

不久，寺庙里出现了一个僧人，他开始弹起三弦琴来。琴声悦耳动听，音色优美，超凡绝伦，武士看穿了这一切，认为"这绝非寻常人类所为"。于是武士迅速拔出刀来，做好了打斗的准备。

僧人看到武士的行为，不禁朗声大笑起来："难道你把我当作了妖怪不成？真是岂有此理！我是这里的住持，当我弹起三弦琴来，妖怪便不可近身。这把琴的音色不错吧？你也来试着弹一弹如何？"

说完，僧人就把三弦琴递了过来，武士警惕地用左手接过琴。谁知刹那间三弦琴便化为一张蜘蛛网，而僧人则变成了一只蜘蛛精。待武士察觉时，他的左手已经被蜘蛛网牢牢缠住。即便如此，武士却毫不畏惧，他勇猛果断地挥刀向蜘蛛精砍去。蜘蛛精虽然负了伤，可武士浑身上下却也被蛛网缠死了，无法动弹。

所幸，那只蜘蛛精身负重伤，不知爬到哪里去了，也不见了踪影。不久，早上的太阳升了起来。

很快，村里的人们来到寺庙，他们发现了被可怕的蜘蛛网裹住的武士，就把他救了出来。只见地板上滴落着点点血迹，众人沿血迹寻觅而去，走出寺庙正殿，看到血迹一直延伸到荒凉院子里的一个洞穴里。从洞穴深处，传来一阵又一阵令人恐惧的呻吟声。武士们一拥而上，找到藏身于洞穴中的蜘蛛精，把它杀死了。

転生譚

第三章

轮回的故事

お貞の話

阿贞的故事

从前，日本越后[1]地区（现新潟县大部）的新潟町里住着一位叫长尾长生的男子。

长尾是医生的儿子，按照日本的传统，儿子早晚都要继承父业，因此他一直在修习学问和医术。幼年时，长尾就和一个叫作阿贞的女孩订下了婚约。阿贞是父亲朋友的女儿。两户人家互相承诺，等长尾完成学业以后便举行结婚庆典。

然而由于阿贞自小身体虚弱，她十五岁时竟患上肺病这一不治之症。阿贞自觉死期将近，在弥留之际请长尾前来，和他做最后的告别。

长尾跪伏在阿贞枕旁，阿贞开口说道：

"长尾，我们自幼两小无猜，青梅竹马，无话不谈。今年岁

1　八云原书写作"越前"，实为"越后"之误。

暮，我们本打算成亲，可是我却要撒手人寰。我想，也许是天意如此吧。即便我还能多活几年，也只会给大家带来麻烦，徒增烦恼。再说我如此体弱多病，恐怕很难成为一个好妻子。为了你，我很想继续苟活下去。但是，这种念头未免过于自私。所以，我已经完全做好死去的心理准备。请你一定答应我，不要为我终日悲叹……还有，有件事我想对你说明白，我预感到我们一定还会重逢的……"

"是啊，我们一定会重逢的。"长尾一本正经地回答道，"因为听说在极乐净土，是没有离别之苦的。"

"不，不是。"阿贞平静地回答说，"我说的不是在极乐净土相会。就算明天把我安葬，我也相信我们命中注定还会在人世间再次相遇。"

长尾一脸诧异地凝视着阿贞。看到未婚夫疑惑不解的神情，阿珍始终保持着微笑。她梦呓一般继续柔声说道：

"是的，我是说我们今生还能够相遇，就是在今生今世。长尾……如果你心里也是这么期盼的话，这个愿望就一定能实现。可是，为了我们能再度相聚，我必须转生为一个女孩，直到长大成人。所以请你一定要等着我！等我十五年，抑或十六年，这段岁月好漫长啊……不过，长尾，好在你现在才十九岁。"

此时，长尾只想一心安慰临终之际的阿贞，他充满怜爱地说道：

"阿贞，我心甘情愿等你，这也是我的义务。我们互相答应过，生生世世都做夫妻，不是这样吗？"

"可是，你对我的话就没有一点疑虑吗？"

阿贞盯着长尾，不放心地问道。

"你就别多想了，"长尾答道，"我不知道你是否改了名字，或者变了模样，所以才会感到忧心忡忡的。再次相见时，你能告诉我有什么信物或者标记吗？"

"唉，这些我都没办法做到。"阿贞说。

"只有神明和佛祖才知道我们会在哪里，以什么样的形式见面。可是，肯定，肯定会的——只要你不嫌弃我，欢迎我回来，我肯定会再回到你身边来的……你一定要记住我所说的话呀……"

阿贞话音刚落，便闭上了眼睛。她就这样离开了人世。

长尾一直在心里爱慕着阿贞，阿贞辞世后，他陷入了深深的悲伤之中。他请人做了一个刻有阿贞名讳的牌位供奉在佛龛中，每天都奉上供品祷告。阿贞临终时讲的那些匪夷所思的话，始终萦绕在长尾心头。为告慰阿贞的在天之灵，长尾郑重其事写下如下誓言：若阿贞借他人投胎转世，我长尾誓与她结为夫妇。然后长尾在此誓言上盖上印章，封存起来，敬献于阿贞的灵位旁。

话说回来，由于长尾是他们家的独子，无论如何也要延续香火，成家立业。不久，迫于家人的压力，他不得不迎娶父亲为他选定的妻子。可是，即便在婚后，长尾也继续供奉着阿贞的牌位。并且，他对阿贞久久难以忘怀，满腔爱恋一如往昔。

然而岁月无情，阿贞的音容笑貌在长尾的记忆中渐渐变得模糊起来，恍若梦境，很难再想起。于是十几年光阴就这样过去了。

这些年中，诸多不幸降临在了长尾身上。父母先后逝去，妻子和独子也都先于他离开了人世，最后只剩下长尾孑然一身，孤苦伶仃。为了抚慰心中的伤痛，长尾便抛下了冷清破败的老房子，浪迹天涯去了。

旅途中的一天，长尾来到了伊香保（现在群马县榛名山山间的一处温泉胜地）这个地方。——如今，该山村也以温泉和风光明媚的景色而闻名于世。

长尾在村里的旅店投宿时，一个年轻的女子前来为他服务。长尾扫了姑娘一眼，极为诧异，心头不觉一震。万万没想到这个女子的容貌竟然与阿贞如此相似，难道自己是在做梦吗？长尾无论如何也不相信这是真的，于是他在自己身上掐了一把。只见那女子在房间里忙碌地走来走去，她一会儿提灯送饭，一会儿又整理客房。长尾看着看着——他眼前逐渐浮现出未婚妻阿贞年轻时的模样，这名女子的言谈举止，难道不就是活脱脱的阿贞吗？

长尾上前与女子攀谈，没想到女子的声音竟然如此柔美甘甜，动听悦耳。女子温婉的声音让长尾不禁思念起阿贞来，他感到一阵酸楚，往昔的悲痛顿时涌上心头。长尾觉得更不可思议了，他问女子道：

"姑娘，你和我的一位朋友真是长得一模一样，你第一次踏进房间时，我就吃了一惊。恕我冒昧，能否告诉我姑娘你的家乡和芳名？"

在长尾心中，阿贞的声音久久都无法忘怀。现在，他话音未落，这名女子便马上做出了回答。她的声音听起来就是阿贞的声音。

"小女子名唤阿贞，你就是来自越后的长尾长生，我的未婚夫。十七年前，我在新潟不幸亡故。那时，你许下誓言，如果我投胎转世为一名女子，你就会娶我为妻。而且你还在誓言上盖上印章，封存起来，放在佛龛中写有我名字的牌位旁边。因此我现在投胎转世来寻你了……"

说完这些，旅店的女子就失去意识，昏了过去。

后来，长尾和女子成亲了，他们婚姻美满，生活幸福。不过，在伊香保旅店和长尾的那番对话，女子似乎全都忘却了。而且关于自己的前世，她也没有任何记忆。

想来真是不可思议，两人邂逅的刹那间所唤起的有关前世的记忆再度变得朦胧起来。之后，这种神奇的事情再也没有出现过。

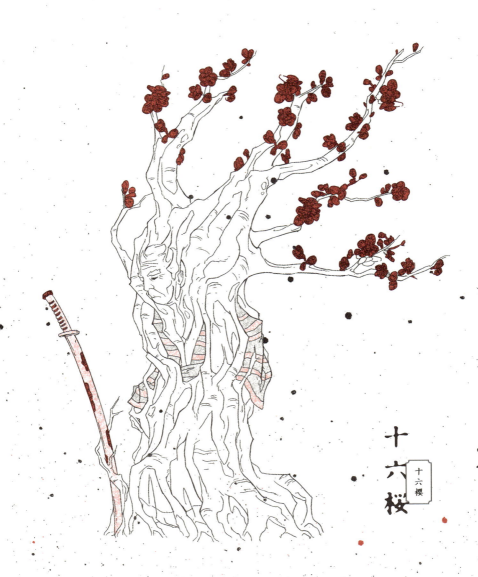

十六樱

十六樱

日本有俳句云：

幻影绝尘世，十六樱绽放。

古时伊予国（现爱媛县）和气郡有一株闻名遐迩的古樱花树，这棵老树被唤为"十六樱"。只有到了每年的阴历正月十六，古树才会开花，因而得名。通常情况下，樱花树往往在春季一同开放，然而十六樱却在冬季天气最寒冷的时候绽放。说实话，十六樱的生命力并非源于其自身。至少，十六樱原本并非只是依靠自己的力量，才开出满树绝美樱花的。在这棵大树里，栖息着一个男子的灵魂。

这名男子出身于伊予地区的武士家族，十六樱就生长在他们家的院子里。最初，十六樱和其他普通的樱花树一样，都是在同一季节，也就是在三月末到四月初这段时间开花。武士儿时经常在这棵樱花树下嬉戏玩耍。还有武士的父母、祖父母和曾祖父母等祖祖辈辈，一百多年来，每当春天造访之际，他们都会在古樱花树下赏花咏诗，并把写有诗句的五颜六色的长条诗笺挂在樱花盛开的枝头。光阴似箭，转眼武士年事已高，子女们先他离开人世。于武士而言，除了这棵樱花树以外，这个世上再无他物令他留恋。纵然武士百般爱惜樱树，但是有一年夏天，不知何故，老树竟枯萎了。

武士因此悲痛万分，难以名状。善良的邻居们为了安慰老人，在他家院子里栽种了一棵美丽的樱花幼树。武士很感谢大家，他表面上看起来颇为高兴，实则内心充满了悲伤。因为他一直深爱着老樱花树，失去心爱之物的悲痛之情甚之又甚，并不是世上的任何其他事物所能弥补的。后来，武士终于想出了一个好主意，只有这个办法才能使枯萎的樱花树重新活过来。阴历正月十六那天，武士一个人来到院子里，在枯萎的樱花树前深深鞠了一躬。然后他对樱花树说道：

"请听听我恳切的心声吧，若你能再度复活开花，我情愿替你去死，为你献上我的生命！"

当时，人们相信生命与生命之间可以互相交换，即便是与树木这样的植物交换，神灵也是会满足这样的祈愿的。这种以命换命的事情被唤作"替死身"。于是武士先在樱花树下展开一方白布，又铺上几块布作为坐垫。武士端坐在上面，按照古法剖腹自尽。武士的灵魂附在樱花树上，霎时间，已枯萎的樱花树又焕发了青春。

就这样，直到现在，到了每年的正月十六，十六樱都会在白雪纷飞的季节绽放花朵。

乳母桜

乳母桜

三百年前，伊予国温泉郡朝美村里住着一位善良的男子，名唤德兵卫。德兵卫是当地最为富有的人，也是朝美村的村长。德兵卫的生活无忧无虑，唯一令人感到遗憾的是，他虽年过四十，但却从来没有体会到为人父的喜悦之情。由于德兵卫和他的妻子苦于没有子嗣，所以两人常去村里的西方寺祷告。这座寺庙在朝美村远近闻名，寺里供奉着不动尊菩萨。

后来，夫妻二人终于如愿以偿，德兵卫的妻子产下一名女婴。女婴十分可爱，被取名为阿露。由于生母奶水不是很足，所以雇了一位叫阿袖的乳母。

阿露长大后出落成一个美丽动人的女子，可是她十五岁时不幸罹患重病，就连当地的名医也无计可施。乳母阿袖极其疼爱阿露，一直视同己出。于是为了阿露，乳母每天都去寺庙虔诚地向不动尊菩萨祷告。就这样，阿袖连着去了二十一日。等到了结愿之日，阿袖竟一下子痊愈了。

德兵卫全家上下欣喜异常，为了庆祝阿露痊愈，主人大摆酒宴遍请亲朋好友。然而就在盛宴当晚，乳母阿袖突然病倒了。而且翌日早晨，来给阿袖诊治的医生宣告说，阿袖大限将至，药石无用。

这下，德兵卫一家又陷入了悲伤之中，他们都围聚在弥留之际的阿袖身旁，准备与她诀别。不料，却听阿袖这样对大家说道：

"大家有所不知，有件事情我必须如实道来。我曾向不动尊菩萨许下宏愿，菩萨也应允了这一誓愿。如果能让阿露小姐痊愈，我情愿拿我的生命去交换。如今，我终于如愿以偿，所以请你们不要因为我的故去而悲伤。

"可是，死前唯有一事托付诸位，为了报答不动尊菩萨，我答应在西方寺内向菩萨献纳一株樱花树。如今我自己已无法亲自栽种樱花树，恳请大家替我实现这个誓言。

"各位，在此别过了。我能代替阿露小姐往生极乐世界，无怨无悔，大家可别忘记我呀。"

在举行了阿袖的葬礼之后，阿露的父母精心挑选了一株上等樱花树，亲手栽种在西方寺内。樱花树很快就长得枝繁叶茂。翌年二月十六日——这一天恰逢阿袖的忌日，樱花树开出了美丽的花朵。之后的二百五十四年间，只要到了每年的二月十六日，樱花树都会在这一天盛开。那粉白色相间的花朵形状，宛如饱含乳汁的女性乳房。因此人们就把这棵樱花树命名为"乳母樱"。

蠅 の 話

苍蝇的故事

  距今两百年前，京都城有位商人名叫饰屋久兵卫，在岛原大街偏南的寺町路经营一家店铺。在这位久兵卫的身边有一名生在若狭国¹的侍女，名叫阿玉。

  备受久兵卫及其夫人宠爱的阿玉，平时看起来总是衷心敬仰久兵卫夫妇。但阿玉有一点和其他姑娘不同，就是她对穿着打扮毫不在意。尽管久兵卫夫妇赏赐过她多件外出穿的衣物，但阿玉休假出门时仍然穿着在店铺里干活时的衣服。在侍奉久兵卫大约五年后，久兵卫有一天问起阿玉，为何对仪容如此不在意。

  阿玉感到自己是受责备了，不禁面红耳赤，恭谨地解释起来。

1　日本古代的令制国之一，属北陆道，又称若州。若狭国的领域大约为现在福井县的岭南。

"阿玉年幼便失去父母，也无兄弟姐妹，因此为家父家母办丧自然是我的义务。但当时的阿玉无计可施，就暗下决心如果有朝一日挣够了钱，一定立刻去常乐寺为家父家母设立牌位、好生供养。因为无论如何都要圆了这个念想，这才节衣缩食，省钱度日。

　　"大概我平时太过节俭了，以致在您看来我是个不修边幅的人吧。不过，为了办先前所说的法事，阿玉已攒了百匆¹银两，今后会穿得妥帖得体些。过去阿玉邋遢散漫，还请您原谅。"

　　听到这么真诚恳切的答复，久兵卫很受感动，便温柔友善地令阿玉今后可以随意穿喜欢的衣服，还褒奖阿玉懂得孝敬父母。

　　这番交谈过去不久，阿玉得以在常乐寺为她父母设立牌位，也做了相应的法事。阿玉攒下的一百匆银两用了七十匆，剩下的三十匆交由久兵卫夫人看管。然而初冬时节阿玉突然病倒，治疗没多久便撒手人寰，逝于元禄十五年（一七〇二年）一月十一日。阿玉的突然去世令久兵卫夫妇悲痛至极。

　　在阿玉死去十日之后，久兵卫家中飞进一只硕大的苍蝇，在久兵卫头上盘旋起来，嗡嗡之声不绝于耳。这让久兵卫也感到惊奇诧异。因为正是隆冬时节，不可能有苍蝇飞进来。可这么大个的苍蝇，就是在天气温暖的时候也难得一见。久兵卫拼命抓住与他纠缠不休的苍蝇，将它放出了家门。因为久兵卫是

信仰佛教的教徒，绝不会伤害生灵，所以才这样慎重行事。

过了一段时间，苍蝇又飞了回来。于是久兵卫又捉住苍蝇，将其掷出门外。但第三次苍蝇还是飞回来了。久兵卫夫人也觉得这很不寻常，开口道："莫非这是阿玉吗？"因为听说堕入饿鬼道[1]不能成佛的死者有的会将身形变成虽子飞回来。久兵卫笑着回答道："我们在苍蝇身上做个标记也许就明白了。"

久兵卫抓住苍蝇，用剪子在它两扇翅膀的顶端剪了一个口子。又在离家很远的地方将苍蝇放生了。

转天，那只苍蝇又飞了回来。久兵卫不禁生疑，猜想苍蝇每每飞回，其中或许有灵性意义。久兵卫又一次抓住苍蝇，这次将它的翅膀和躯体涂成红色，放生到比上次更远的地方去。但两天之后，苍蝇还是飞回来了，身上有红色的标记。这次，久兵卫放下了所有疑惑，说道："这只苍蝇很可能就是阿玉。"

夫人回答："阿玉好像渴望着什么东西。可她究竟渴望什么呢？"

"我手里还保管着阿玉的三十匁银两。或许阿玉想要把这钱交到寺院去，来供养自己的灵魂吧。因为阿玉对死后、来生的事情总是很上心呢。"

夫人话音刚落，苍蝇便坠倒在隔间拉门处。久兵卫捡起来看时，苍蝇已经死了。

于是久兵卫夫妇决定即刻赶往寺院，将阿玉留下的银两献纳给寺院。并将苍蝇的尸体装进一个小匣子里，一同带了过去。

1　佛教名词，指佛教六道轮回中的一道众生。

寺院里一位名叫自空上人的住持听说了苍蝇的故事，便称赞久兵卫夫妇做了一件大善事。而后自空上人为阿玉的灵魂做了超度的法事，为苍蝇的尸体诵唱了妙典八卷。装着苍蝇尸体的小匣子也埋葬在了寺院里，其上搭建了一块刻着追思铭文的卒塔婆 [1]。

1　梵语 stu^pa，原意为塔，后指在坟墓上建立的雕刻成塔形的木石。

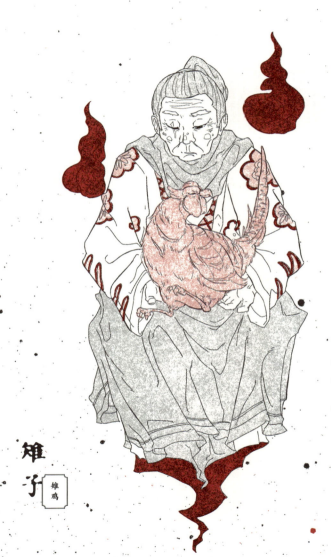

雉子

雉鸡

雉子の話

雉鸡的故事

很久以前，尾州¹有个村落叫远山村，一对年轻的夫妇居住在这里。夫妇俩种的田地位于山间一处破落又不显眼的地方。

一天夜半，妻子做梦，见到死去的公公站着对她讲道："明天我可能会遇到危险。如果在你力所能及的范围内，可否助我一臂之力？"

转天早晨，妻子对丈夫说了这件事情，两人关于这个梦你一句我一句地聊了半天。他们都想到了死去的父亲或许希望他们做些什么事情，可两个人都想不清楚梦里的话到底有什么含义。

吃完早饭，丈夫去田里干活，妻子在家织布。过了一会儿，外面响起一声震耳欲聋的枪响，妻子惊讶地跑到门口张望，看

1　尾张国的别称，即现在爱知县的西部。

到村里的地主带着一行猎人正从远方迎面而来。妻子呆立着眺望时，一只雉鸡从她身旁掠过，跑进家里。

这时，妻子回想起昨晚做的梦："难不成，这就是我公公？"

妻子偷偷地想："我得想个法子帮忙！"

于是妻子追向那只漂亮的雄雉鸡。她轻松地一把抓起雉鸡，把它藏进空无一物的米柜里，并把盖子盖好。

地主和一众人等追了过来，问妻子有没有见到一只雉鸡。妻子若无其事地回答没看见。可是有一个猎人不依不饶地说，他亲眼看见雉鸡进了这家家门。这些人为了寻找雉鸡闯进他们家里，将家中大大小小的角落翻了个遍，可是没有一个人想起来去翻看米柜。后来，他们也知道再翻找也没什么意义，或许雉鸡是挖了个洞逃走了，便作罢离开。

等丈夫回到家里，妻子就把雉鸡藏在米柜里这件事的过程告诉了丈夫，她想让丈夫也看看这只雉鸡。"这只雉鸡被我抓住也没有丝毫挣扎的意思，一直乖乖地待在米柜里面。这或许印证了它就是父亲的化身呢！"

丈夫走到米柜旁，把盖子打开，将雉鸡取了出来。雉鸡就在他手掌上立着，仿佛被饲养多年一样，岿然不动，十分坦然地看向丈夫。雉鸡有一只眼睛是瞎的。

"我父亲就有一只眼睛失明，"丈夫说道，"而且是右眼。这只雉鸡的右眼也是瞎的。这的确是我的父亲！是！父亲总是用这种眼神看我！太可怜了，父亲一定会这么想：'我居然变成了一只鸟，与其被猎人追捕，还不如被人吃了来得爽快。'昨天做的梦，也肯定是这个意思。"

丈夫这样说着，嘴角露出一抹让人生寒的微笑，他让妻子转过身来，当场将雉鸡的脖子拧断了。

目睹如此残忍的行为，妻子悲痛地叫出声："天哪，你太残忍了，你是恶鬼吗？如果你不是心肠恶毒的人，怎么会做出这样的事情……与其和你这样的人生活，倒不如死了！"

妻子无暇穿上草鞋便立刻往门口跑。丈夫拉住她的衣袖，也被一把甩开，她一边哭泣一边跑远了。妻子光着脚一直向前跑，路过村庄便径直去了地主家。面对地主，妻子眼泪涟涟地将一切都据实相告，包括狩猎前夜父亲如何托梦、她如何帮忙隐藏雉鸡，以及丈夫是如何欺骗她并杀死雉鸡的。地主为了表示安慰，对她多加看顾，还命令家仆把她的丈夫招来。

第二天，丈夫被押到奉行所[1]。将杀死雉鸡的来龙去脉说清楚后，奉行所给丈夫判了刑。地主对丈夫说道："但凡一个有良心的人都不会做出你这般的行径。有你这样的邪恶之徒，实在是我们村子的不幸。凡是这个村庄的人，都是孝敬父母的好儿女，这里绝不原谅你。"

就这样，丈夫被赶出村子，今后但凡踏足村子半步，都将按死罪论处。而妻子得到了地主赏赐的土地，后来还找到另一位愿意悉心照料她的好丈夫。

1　江户幕府成立后，奉行成为构成官僚体系的主力职位，上至幕府、下至各地方的大小藩主，都依各种政务需要设置许多奉行职位。奉行的办公处一般通称为"奉行所"，相当于中国的衙门。

お亀の話

阿龟的故事

在土佐国（现在的高知县）一个叫名越的地方，有位大财主叫权右卫门，他的女儿阿龟非常爱戴自己的丈夫八右卫门。阿龟年方二十，八右卫门二十五岁。人人都认为阿龟如此深爱右卫门，肯定十分善妒。但八右卫门断然不会做让妻子吃醋的事，所以两人从未有争执，一直相敬如宾。

但不幸的是，阿龟身体不是很好。结婚不到两年，土佐一带疫病接连爆发，阿龟也染上了疾病，就连有名的大夫都束手无策。

得了这种病，既吃不下饭也喝不了水，意识会渐渐模糊，产生莫名其妙的幻觉。尽管阿龟的丈夫夜以继日地陪伴左右，阿龟依旧一天天衰弱下去。后来，阿龟终于明白自己死期将近。于是阿龟把丈夫八右卫门叫来，这样说道：

"在我染病备受煎熬的这段日子里，你对我如此尽心尽力，我真的非常感激。这般悉心照料，不是谁都能做得到的。就这样把你抛下，我真是于心不忍……你想，我还没活到二十五岁，虽然丈夫是人世间最好的良人，对我呵护有加，但我现在就要死去了！

"安慰的话就不要说了，那些话语都无济于事。就连技艺最精湛的中医先生也无力回天。我本以为自己还有几个月的寿命好活，但今天早上，看到镜子里的自己，我马上就明白自己活不过今天。对了，就是今天。所以我有一事相求。如果你想让我没有牵挂地死去，就答应我吧。"

"你说吧。只要是我能做到的，我都乐意去做。"

"不，并不是什么能让人高兴的事。"阿龟回答道。

"你还很年轻！这是很难的请求。真的很难。哪怕只是将它说出口，都让人难过。它就像熊熊烈火一样燃烧着我的心，在死之前，我一定要说……

"八右卫门先生，一旦我死了，别人迟早会劝你另娶他人。请你务必和我约定，不要再娶其他女人为妻……"

"这还不简单吗！如果这就是你的心愿，我会轻松地帮你实现。我是真心实意与你约定，除了你，我谁都不娶！"

"哎呀，我好高兴！"

躺在病榻的阿龟忽地坐起来，叫道："阿龟真是幸福的人！"

阿龟再倒下躺平时，就咽气了。

阿龟死后，八右卫门的身体好像也每况愈下。一开始，村子里的人以为他是因失去妻子而悲伤，这是人之常情，纷纷道："八右卫门多么爱他的妻子啊！"

但随着时日推移，八右卫门的脸色越来越苍白，身体越来越衰弱，最后变得消瘦如柴，失去生气，竟不像个活生生的人，倒像是个幽灵。渐渐地，人们也疑惑起来，一个年轻人单单因为悲伤而变得如此瘦弱，实在不合情理。医生看过也毫无办法，只是说八右卫门的病绝非普通疾病，应该是心里郁结太重而患病。

八右卫门的父母也尝试着求证于本人，询问他衰弱的原因，但没有得到过让人满意的答复。八右卫门只说，大家都知道自己悲伤的原因是什么，除此之外再没有其他的了。父母劝他再婚，八右卫门就说自己曾和死者立下誓言，无论发生什么事都不能违约，明言拒绝了。

在那之后，大家眼睁睁地看着八右卫门一天天地瘦弱下去。就连家人也觉得八右卫门命不久矣，对他放弃了。

但八右卫门的母亲觉得儿子一定在隐瞒什么。一天，她哭泣着对儿子提出请求，恳请他说出变得衰弱的原因，求他说出真相。看着母亲哭得悲天恸地，苦苦哀求的样子，八右卫门再也无法拒绝。

"母亲，不管是面对着您，还是面对着其他任何人，这些事都不好说出口。而且就算我将事实和盘托出，大概也没人相信。

"其实，阿龟在那个世界没能成佛。迄今为止，轮番的供奉也没有起过任何作用。那漫长而黑暗的黄泉路，如果没有我与阿龟做伴而行，她一定不会安息吧。因此阿龟每晚都会回来睡在我的身边。

"自从丧礼那天开始，阿龟每晚都会回来。有时我甚至会想，阿龟会不会真的没有死。因为她的相貌表情、身体动作都跟活着的时候没什么两样。唯独不同的是，她说话时声音非常低沉。

"阿龟总是和我说，她回来的事千万不要和任何人说。我想她希望我能死去。如果单单为了自己，我也不愿再活了。但是就像母亲所说的那样，孩儿的身体是父亲母亲给的，我有尽孝的义务。所以我要把一切的一切都告诉您。

"是的，每天晚上，每天晚上，阿龟都会回来。在我昏昏欲睡的时候她便会来，和我待到黎明时分。听见寺院钟声的时候，她才会离开。"

八右卫门的母亲听说这件事后非常震惊，马上赶到当地的寺院，把儿子所讲的事都讲给主持听，并恳求住持提供帮助，施展灵力。住持年岁已高，经验也很丰富，听到这些丝毫没有惊讶的样子，这样说道：

"这种事我并非头次听说，应该可以帮到令公子。但是令公子目前的状态十分危险，脸上隐约有了死亡的光影。若是那个阿龟再度现身，恐怕令公子就无法见到明天的太阳了。此事不能再耽搁了。

"请您瞒着令公子，尽快把两家人都召集起来，并通知所有人，马上来我们寺院。为了令公子的安危，一定要把阿龟的坟墓给撬开。"

就这样，所有的亲戚都来到了寺院。当所有人都同意开棺后，住持一马当先，领着人们到了墓地。随着住持一声令下，人们抬起了阿龟的墓碑。坟墓被撬开，墓棺也被提了上来。打开棺盖的时候，所有人都愕然失色。因为阿龟就坐在其中，脸庞如同从前没生病时一样端庄，还含着微笑，丝毫不像故去的人。

住持吩咐小和尚将尸体抬出棺材，所有人脸色一转，从上一秒的惊愕转为恐惧。触碰尸体时，她就像血肉之躯一样有温度，尽管长时间保持端坐[1]的姿势，身体依然像活生生的人一样柔软。

阿龟的尸体被搬送到佛前的葬仪场。住持用毛笔在死者的额头、胸口、手脚处书写上梵字经文，又为阿龟的灵魂做了超度的供养，才将尸体放回尘土里。

在那之后，阿龟再也没有回到八右卫门身边。八右卫门也一点一点地恢复了健康。那么，八右卫门是否保守了和妻子的约定呢？这一点日本的原作者没有提及。

---

1 在日本，尸体是以端坐的姿势放入棺材之中。棺材的形状几乎呈正方形。

力ばか

傻儿阿力

有位年轻人，名字叫阿力。父母取这个名字，是希望他身强力壮。但是周围的人们常用弱智、傻蛋等词来称呼他，后来很多人都叫他傻力。也是因为阿力总像个孩子一样，人们对他都很友善。阿力玩火柴时点着了蚊帐，房子都烧了，他看到火焰还举起手来鼓掌，欢闹不已。就连这些人们都不追究，只是睁一只眼闭一只眼。

到了十六岁，阿力长成身材高大魁梧的年轻人，但他的智力依然停留在天真无邪的两岁孩童的水平，只喜欢跟年纪小的孩子玩。邻居中，有些四到七岁的孩子已经懂事了，因为阿力总是记不住歌词和游戏的内容，所以他们都不带他一起玩耍。

阿力最喜欢的玩具是扫帚，经常把扫帚当作高跷来玩。这扫帚阿力玩上几个小时都不腻烦，他骑着扫帚的把手，发出夸张的高亢笑声，在我家门前的坡道旁一会儿往上坡蹦一会儿往下坡跳。因为太过嘈杂，实在让人烦躁，我终于忍无可忍，叫阿力去别处玩。

阿力乖乖地低下头，拖着扫帚悲伤地离开了。阿力总是很老实，除了做过玩火之类添乱的事情，从没害过人，也没说过谁的坏话。在我们居住的村庄，阿力的存在和阿鸡阿狗没什么区别。后来我没有再见过阿力，也没有想念过他。又过了几个月，偶尔会想起一些阿力的事情。

"也不知道阿力怎么样了？"我问的是一位给街坊邻居运柴火的老樵夫，阿力总是帮这位樵夫搬柴。

"问的可是傻力？"樵夫答道，"阿力没啦，怪可怜的。正好就在一年前，也是事出突然。据大夫说，好像是脑子哪块地方出毛病了。说起来，阿力身上还有一件不可思议的故事呢！

"阿力死的时候，他妈妈在他左手手心写了个他的名字'傻力'。用假名[1]写的'傻'，用汉字写的'力'。他妈妈祈祷了好多遍，希望他来世投个好胎，过得幸福快乐。

"就在三个月之前，麹城有个大户人家生了个男孩，左手手心里有字迹。据说啊，那字赫然就是'傻力'。

"那家人便猜想，这孩子之前一定受到过不知何人祈愿的影响，就四海八方去寻找这个祈愿的人，终于问到一家蔬菜铺的老板，老板告诉他们有个脑子很笨，名叫傻力的年轻人，之前住在牛込一带，在去年秋天死了的事情。于是那家人派了两个男性家仆寻找阿力的母亲。

1　日语的表音文字。"假"即"借"，"名"即"字"。意即只借用汉字的音和形，而不用它的意义，所以叫"假名"。汉字为"真名"。

"这家的仆人见到阿力妈妈之后，把事情的来龙去脉都告诉了她。阿力妈妈听说那户人家富裕又有名望，十分高兴。但仆人们又说，主人见到小少爷手上有个傻字，气得不得了。

　　"仆人问道：'不知阿力埋在哪里呢？'他妈妈回答道：'阿力就埋在善导寺的墓地里。'于是阿力妈妈把男仆们带到善导寺，给他们看了阿力的坟墓。男仆们取了一些坟墓上的土放进包袱巾里提着走了。据说，他们还递给阿力妈妈十两钱呢。"

　　"可是，这坟墓的土要来做什么用呢？"我问道。

　　"那捧土呀！"老樵夫回答道，"他们怎么会允许小少爷手心有个傻字长大呢？要想抹掉这个字，只有一个办法：那就是去前世身体埋葬的地方取些土，涂在那孩子的肌肤上啊。"

梅津忠兵衛

梅津忠兵卫

梅津忠兵衛の話

梅津忠兵卫的故事

　　梅津忠兵卫是一位孔武有力又十分勇敢的年轻武士，侍奉于一位名叫户村石太夫的藩主[1]，城池坐落在出羽国（现在的山形县和秋田县的绝大部分）侧面一座稍高的山上。藩士[2]们的屋子则在山脚，形成了一个小型的街道。

　　忠兵卫是城门的夜警。夜警是两班倒，按照规定，第一班从日落到半夜，第二班从半夜到日出。

　　某天，忠兵卫偶然排到第二班时，遇到了一件不可思议的事情。为了起到夜警的义务，忠兵卫在半夜爬上山坡，走到通往城池的崎岖登山道的最后一个拐角，看到一位女子独自站在那里，怀抱着一个婴儿，像在等人一样。夜半时分，女子独自

1　江户时代对大名的称呼。德川幕府设立藩一级行政级别，将各大名的封地区域固定下来　对应的大名即是此藩的藩主。
2　日本江户时代从属、侍奉各藩主的武士。

站在如此幽静的地方，这场景难得一见。

忠兵卫突然想到一个人们常说的故事：妖怪总是在天黑的时候以女子的姿态现身，诱骗并杀害男子。于是他开始疑惑，眼前这貌似女子的人影，究竟是真正的人类还是妖怪呢？因此，当女子来到忠兵卫面前要搭话的时候，忠兵卫打算什么都不说，含糊敷衍一番了事。但是女子叫出忠兵卫的姓名，用求助的口吻说道：

"这不是梅津大人吗？今晚小女子着实为难，需办一件重要的大事。能帮我抱一会儿这个孩子吗？就一小会儿。"

这女子请求的时候，忠兵卫还处在惊愕不已的状态，没有办法拒绝。女子便要把孩子递出去。虽然不能清楚地辨认出女子的样貌，但可以看出她很年轻。到底是这不可思议的声音太诱惑，又或者这根本就是阴间抛出的诱饵呢？忠兵卫心中有诸多不安之感，但是生性善良的他又想，如果因为害怕妖怪就收起亲切待人之心，还算什么男子汉大丈夫呢，便二话不说接过了孩子。

"在我回来之前，请你把孩子抱好了。我马上就回来。"女子说道。"不如我抱着他往前走吧。"忠兵卫正要这么回答，女子却突然转过身去，换了一个方向。她离开的时候，只见匆忙跑下山去的背影，却听不到脚步声。女子的步伐轻快迅速，甚至令忠兵卫开始怀疑自己的眼睛。那身影不过转瞬之间就消失在视野当中了。

忠兵卫这才低头看看婴儿。多小呀，好像刚出生一样。乖乖地躺在怀里，既不哭也不闹。

但是忠兵卫突然发觉孩子竟好像越变越大了。忠兵卫再端详一番……不，孩子依然是小小的，丝毫未动。但是为什么会觉得他长大了呢？

忠兵卫很快找到了原因，悚然打了个寒战。原来不是孩子变大了，而是他的体重变沉了……最初只有三四公斤重，但渐渐地重了一倍——重了三倍——重了四倍。天哪，孩子已经超过三十公斤了，但还是越变越沉……五十公斤——七十公斤——一百公斤。

……原来我被人诬骗了——向我搭话的原来不是人世间的女子——这孩子也不是人类生下的孩子。但是忠兵卫到底和女子立下约定了。武士是要守约的。

孩子依然被抱在怀里，却越来越沉、越来越大了……一百二十公斤——一百五十公斤——二百公斤……也不知道到底会变得多么沉，但忠兵卫毫不惧怕，只要还有力气就绝不放开孩子……二百五十公斤——二百七十公斤——三百公斤。全身上下的肌肉因为紧张而开始颤抖——即便如此，孩子的重量还在持续增加。

忠兵卫口中念唱着"南无阿弥陀佛——南无阿弥陀佛、南无阿弥陀佛"。颂唱了三次这可贵的经文后，重量似乎一下子卸了下去。忠兵卫两手空空地呆立在原地。——奇怪的是，孩子也跟着消失了。

与此同时，那位不可思议的女子就和当初消失的时候一样迅速地回来了。再一看那女子的脸庞，真是好生美丽的相貌——只是她的额头不断渗出汗珠来。女子的衣袖用襷[1]挽起，似乎为

1　穿和服劳动时，用作挽系和服长袖的带子，在身后打十字结。振袖的袖子比较长，有时会妨碍做事，所以会用襷将和服的袖子挽起。

了工作格外地卖力。

"善良的梅津大人。你大概还不知道吧，此番你可是帮了大忙了。我是这里的氏神[1]。一位信奉我的子民今晚生产在即，来求我帮忙。但是她难产，很不好办，我很快就发现，光凭我一个人的力量是救不了产妇的——所以想要借用你的力量和勇气。

"交给你的那个婴儿，其实是一个还没有出生的孩子。一开始你觉得孩子越来越重的时候，正是危急关头——那时产道闭塞了。而后你感到孩子实在太重，再也抱不动了，想要放弃的时候——就在那时产妇筋疲力尽，像要死去了，她们家人都悲痛地放声大哭。

"然后，你颂唱了三次'南无阿弥陀佛'的祈愿——就在你颂唱第三次的时候佛祖显灵助力，产道得以打开。你的尽心尽力应该受到相应的礼遇。对勇敢的武士来说，最最重要的便是力量了。所以我要把力量赐予你，不仅是你一人，你的儿子、孙子都将拥有它。"

氏神这样许诺之后，便消失了。

尽管梅津忠兵卫将信将疑，但还是抓紧登上城池，迎来日出。完成自己的职责后，他像往常一样在晨间祈愿之前清洗脸部、手部。

然而奇怪的是，就在忠兵卫拧他用过的毛巾时，那结实的布料竟然一下子被撕裂了，忠兵卫又尝试将撕成两块的布料叠在一起，还是被拧断了——这布料就像一张湿漉漉的纸片一样

---

1 就是教区、地区的神道守护神。所有住在教区和地区，为供养神社而出力的人们都是氏神的子民。

脆弱。四张布料叠在一起，依然是一样的结果。

忠兵卫又尝试了青铜、铁等一连金属，这些东西竟都像黏土一样被轻松折弯了。忠兵卫这才发现氏神已经按照许诺那样，把力量授予给他了。后来，忠兵卫触碰东西时必须时刻注意，以免把东西弄坏。

回到家里，忠兵卫向人们打听，昨天晚上屋敷町是否有一个婴儿降生。正好就在那件事发生的时间段，真的有一个婴儿出生，那孩子出生的情形和氏神形容的完全一致。

梅津忠兵卫的孩子们也继承了父亲的力气，他的几个子孙全都是大力士。据说写这篇故事的时候，他们还都居住在出羽国。

勝五郎の転生記

胜五郎的轮回故事

一

　　如下所记载的并不是捏造的故事，至少不是我捏造的。这是从古代日本文献上翻译而来的。开头部分可能显得很无聊，但我建议您一定要从头读到最后。这样，不仅能回想起前世的记忆，还会得到很多解决问题的提示，多少能了解一些封建时代的日本和它古老的信仰。人们常认为前世与来生有共通之处，其中的佛教思想虽然不算高深，但是对西方人来说依然很难理解。

　　基于以上事实，尽管文献起到调查记录的作用，但不必深究其中的内容是否正确，证据是否可信。

二 [1]

去年十一月左右，胜五郎和姐姐阿房在田地里玩耍的时候，胜五郎突然问道，"姐姐，出生在这家之前，你在哪里啊？"

阿房回答道："问我出生之前在哪？这我怎么知道啊。"

胜五郎吃惊地叫道："那姐姐，出生之前的事情你一点都不知道吗？"

"难道你知道？"阿房反问道。

"当然知道。俺是程窪（武藏国多摩郡程窪村，现在的东京市区）的久兵卫的儿子。我那时的名字是藤藏呦。姐姐真的什么都不知道啊？"胜五郎这样回答道。

"什么？我要去告诉爸爸妈妈。"阿房说。

胜五郎却大哭着说道："不要说，不能跟爸爸妈妈说啊。"

过了一会儿，阿房回答说："好，那这次我就不说了。但下次你要是再说傻话我就告诉爸爸妈妈去。"

那之后，二人只要一吵架，姐姐就威胁弟弟说："行啊，那我可就告诉爸爸妈妈了。"

这样一来，弟弟总是会向姐姐投降。

这一招姐姐屡试不爽。有一天，阿房又一次威胁胜五郎的时候让他们的父母听到了。父母认为胜五郎一定做了什么坏事，便来询问发生了什么。这一问，阿房便把真相都说了出来。

听了阿房的一番话，源藏夫妇和祖母津野都讶异不已，认

1　第二章取自于名为《椿说聚记》的抄本中。原本是一位叫作松平冠山的人物给泉岳寺的高僧贞金的书信，本文被改编为白话文。

为这其中必有蹊跷。便把胜五郎叫来，又哄又劝，想问出个水落石出。于是胜五郎扭扭捏捏地说道：

"那我都说了吧。俺是程窪（武藏国多摩郡程窪村，现在的东京市区）的久兵卫的儿子。那时我的母亲名叫志津。久兵卫在我五岁的时候死了，一个叫半四郎的人成为继父，非常疼爱我。但是转年俺六岁的时候得了疱疮（天花）就死了。再过三年，俺就进了妈妈的肚子，投胎转世了。"

胜五郎的父母和祖母听到之后非常震惊，决心一定要查到住在程窪的叫半四郎的男人。但是为了生计，一家人必须每天拼命劳作，没有那么多时间顾及其他的事，还没有打算马上调查。

胜五郎的母亲濑井每天夜里都要给四岁的女儿喂奶，胜五郎就和祖母津野一起睡觉，祖孙二人常常聊天。

一天晚上，胜五郎心情很好，祖母津野就哄劝着胜五郎，让他讲一讲死去的情形。于是胜五郎便这样说道：

"四岁之前的事情我都还记得，但那之后的事就渐渐遗忘了。但是因为疱疮而死的事情，我到现在还记得。我被装进一口坛子，还被埋到山里去了，这些我都记得。大家在地面上挖了洞之后，就把坛子扔进去，嘭地一下坠落的声音，我也记得很清楚。

"后来，我想办法回到了家，在我曾经睡觉的枕边停了下来。又过了一会儿，来了一个长得像我爷爷的老人把我带走了。我也不清楚他是谁，只觉得走路时好像在天上飞，也分不清是晚上还是白天，似乎总是傍晚。既不觉得暖和，也不觉得寒冷，更不觉得饿。感觉好像已经走到很远很远的地方了，可是家里人说话的声音，我还能模模糊糊地听见一些。我还听见给我念

94

经的声音呢！

"我的家人在佛坛给我供奉了暖呼呼的牡丹饼，那贡品的味道我还记得呢……祖母，你可不要忘记给佛祖供奉暖和的饭菜哟。还有，也不能忘记给和尚们施舍哟。——因为这些都是在行善事……后来，我就只记得那个老人带我走过好多迂回的小路——记得我走过了村对面的那条小路。然后我就到了这里，老人指着这个房子跟我说：'小娃娃，你投胎去吧——你死后已经过去三年了，你会降生在这个家里。要做你祖母的那个人可温柔了，所以生在那户人家里，对你是很好的事情。'

"老爷爷刚一说完，人就消失了。我当时在这家门口的柿子树下站着。进了大门我就听到里面有说话的声音。好像听到有人说父亲的收入太少了，母亲也必须去江户劳作。我那时还想：'我才不要生在这个家里呢。'后来我在院子里待了三天。到了第三天，母亲终于不用去江户了。那天晚上我就穿过木拉门的孔眼钻进屋了。那之后的三天时间我一直站在炉火灶旁边。后来就钻进妈妈肚子里去了……我一点也没觉得痛苦，就出生了。

"祖母，这些话您可以讲给爸爸妈妈听，但千万不要告诉别人啊！"

祖母把胜五郎说的事情都讲给源藏夫妇听了。在那之后，胜五郎也不怕把前世的经历讲给父母听了，还常常请求父母说，"我真想去程窪啊。让我去给久兵卫扫墓吧。"

源藏觉得胜五郎是个生性古怪的孩子，大概活不长，不如应允他的请求，探一探程窪是否有一个叫作半四郎的男人。但源藏不打算亲自去调查，因为他担心自己连温饱都很难保证，还去做那些调查，实在有些轻重不分。所以他拜托祖母津野代替自己，在这年一月二十日带孙子去一趟程窪。

津野就和胜五郎一起去程窪了。快到村庄时，津野用手指着附近一些房屋，问胜五郎："你找的是哪家啊——是这家吗，还是那家啊？"

"都不是，在前面——就在前面。"胜五郎回答说，很快走到了祖母前头。

终于到了一座房子面前，胜五郎叫道："就是这家。"于是他抛开祖母跑了进去。祖母也跟着走了进去，向那家人打听这家主人的姓名。

那家人答道："半四郎。"津野又问半四郎的夫人叫什么名字。回答说叫"志津"，于是津野又问，这户人家有没有生过一个叫藤藏的孩子。

果然回答说有。那家人还说："但是那个孩子早在十三年前，六岁的时候就死了。"

津野这才相信胜五郎说的没有半句虚言，簌簌地流下眼泪来。津野把胜五郎前世的记忆全都讲给这家人听了。半四郎夫妇也十分惊愕，这两人紧紧抱住胜五郎哭了起来。他们说现在的胜五郎与六年前死去的武藏相比更像男子汉了。

这期间胜五郎左看右看，看到半四郎家对面的烟草店的房檐，就指着说："以前没有这个。"还说："前面那棵树过去也没有。"

一切都如胜五郎所说。半四郎夫妇终于打消了所有的怀疑。

当天，津野和胜五郎返回了中野村（武藏国多摩郡中野村，现在的东京市区）的谷津街。后来源藏多次让儿子胜五郎去半四郎家里，给前世的生父久兵卫扫墓。

胜五郎常常说：“俺可是一个大神仙，一定要对我好一点哟。”有时又对祖母说：“俺活到十六岁可能就死了。不过御嶽先生告诉过我，死没有什么好怕的。”

他父母问他：“可想当个和尚？”他回答道：“不想做和尚。”

村里面的人们都不叫他胜五郎了，给他起了一个外号叫“程窪小僧”。有人来家里见他时，这孩子马上害羞地跑进最里面的屋子藏起来，所以不可以直接与他对话。

这个故事按照孩子祖母所说的，都准确地记录了下来。

我问源藏夫妇和津野，他们有没有做过积攒功德的事情。源藏夫妇都说自己没有做过什么算得上功德的事情，倒是祖母津野每日早晚都会诵经念佛，如果遇见和尚，或者有巡礼的活动，绝不会忘记施舍两文钱。除了这些细枝末节，津野说她也没有做过什么特别的善行。

三

读到这里，也许会有读者想要问我：这个故事可信吗？好像觉得我信或不信能关系到故事情节一样，那可就错了。我认为，能否成功地唤起前世的记忆，要取决于唤起记忆的内容。如果指的是我们无限的“全自我”，我可以无条件地相信 jātaka（本生经）。但如果指的是“虚妄的自我”的话，那不过是感觉与欲望的产物，用曾经做过的梦来比喻的话，就能充分表达我的想法。夜晚的梦或者白天的梦根本没有区别，梦就只是梦。

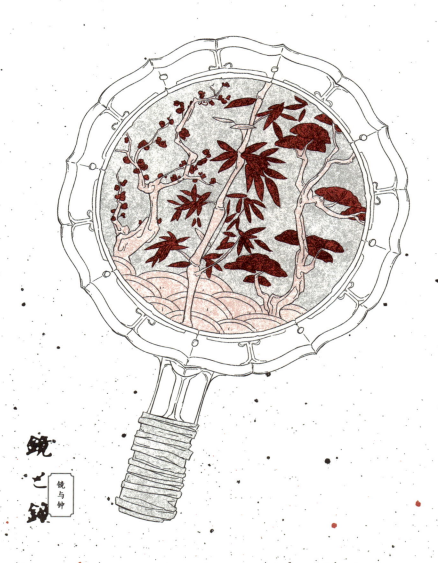

镜与钟

鏡 と 鐘

镜与钟

距今八百年前，远江（现在静冈县的西部）无间山的僧侣们想要在寺院里立一口铜钟，就拜托烧香拜佛的女施主们捐赠铜镜 [1]。

那时，有一个身份平凡的年轻女子住在无间山，把自己的铜镜捐献给了寺院。但是不久之后女子又舍不得那面已经捐赠出去的铜镜了。因为她想起母亲过去给她讲过的铜镜的故事，那面铜镜不单单是母亲给她的，更是从祖母、曾祖母等历代先人那里世代相传而来。她也想起自己在铜镜中映射出的笑脸是多么明艳。如果捐一些钱给寺院，自然是可以把铜镜赎回来的，可女子一时拿不出那么多钱来。

1　即使是现在，日本寺庙也会出于铸钟的目的，收集古老的铜镜。在寺庙内部可以看到铜镜堆积如山的场景。在我曾经见过的寺院里，博多的一座净土宗的寺院收集的铜镜最多。他们收集铜镜是为了铸造一尊高三十三尺的阿弥陀铜像。

女子每次去寺院参拜时，都能透过栅栏从小山般堆积的铜镜中找到自己的那面。因为铜镜背面有松竹梅的花纹，所以一看便知。还记得年幼时，母亲第一次把铜镜拿给她看，那花纹就非常令她喜欢。她也想过，不如偷偷地将铜镜取回来，把它当宝贝一般珍藏起来，可是根本没有那样的机会。女子陷入忧郁当中，因为她意识到自己居然愚蠢到把最重要的东西交给了别人。

　　她想起一条古老的谚语："铜镜是女子的灵魂。"[1]女子害怕这句谚语成真，担心会莫名其妙地发生什么不吉利的事情。尽管如此，她却无法向任何人倾诉闷闷不乐的心情。

　　接着，捐到无间山的铜镜终于被悉数送往铸造所，但锻造师傅发现有一面铜镜无论如何也没办法熔化，不管试了多少次，也不管高温锻造多久，只有那一面铜镜熔化不了。其中的原因，一定是这镜子的主人后悔把这铜镜捐赠给寺庙了。那位女子并不是真心实意地将其舍离，自始至终都对钶镜抱有执念，所以铜镜即使被炉火熔炼，也依旧这样冰冷，这样坚硬，无法熔化。

　　这段故事自然传得沸沸扬扬，人们都想知道这面熔化不了的铜镜的主人是何许人也。这样一来，自己的罪咎被暴露在天下人面前，女子羞愤至极，懊悔万分。女子再也无法忍受这种耻辱，一死了之，只有一份遗书留了下来。

1　不可思议的是，铜镜背面通常都会刻着"魂"字，这句谚语可以按照字面意思理解。

"既然我命已绝，那么熔镜造钟想必也不是难事了。但倘若有人撞击铜钟令其破碎，我的在天之灵便会授予你金银财宝。"

素有传言，含怨而死的人、自刎而亡的人的怨念有着不可思议的力量。女子死去，那面镜子得以顺利熔化，壮观的铜钟终于铸成。这时，人们都想起女子遗书上留下的话语，他们相信，如果把铜钟撞破，女子的魂魄一定会授之以财帛。于是寺院的铜钟才刚悬挂好，想要把它撞破的人便蜂拥而至。所有人都高高地抬起钟锤，用尽浑身气力撞击铜钟。但是铜钟坚固若磐石，不管人们怎么敲击，也丝毫没有要破损的样子。即使这样，人们还是不愿轻易地放弃。

就这样，日复一日，人们发狂一般地去撞击铜钟，无论和尚怎么劝阻都无济于事。这样一来，那铜钟一天到晚都被敲得咣咣作响，钟声不绝于耳，让人痛苦不堪。终于有一天，和尚们撤下那口铜钟要把它扔掉，将铜钟从山丘滚落到沼泽里去。由于沼泽深邃，铜钟便完全陷了进去，巨钟自此不复存在了。但这个故事被广为传颂，这口铜钟则被人称作是"无间山之钟"。

　　※
有趣的是，日本人从古代开始就相信：一边在心里盼念着一边做事，就能发挥出某种不可思议的力量。用一个不算很恰当的词语来解释那种力量的话，可以用"比拟"来形容。这个词语既可以用在施咒的情形下，又可以用于表示自己很有信心。

在英语里，没有与之相应的词语。如果翻阅词典可以得知，"比拟"这个单词最普遍的含义有："模仿""比喻""使相似"等意思，它的深层含义是："在内心用别的什么东西代替某件事物或者某项行为，以此产生不可思议的效果。"

举例来说，假如你所拥有的财力不足以建立一间寺院，但你能做到在佛像前放下一块小小的石头。有充足的钱，想要建寺院的发心[1]固然虔诚，但只要怀着一样虔诚的心态，哪怕只是拿出石头供奉，也与建立寺院一样，都可以积攒同样的功德。

又或者，你没有办法通读六千七百七十一卷的教典，但你能做一个可以旋转的书架，将教典全卷纳入其中，用力推动，它便会像吊桶一样转动起来。那时，只要你抱着将读遍教典全卷的决心，一心推动书架的时候，就相当于把这些经书都读过一遍了。

我想，这样解释，读者们大概就能明白"比拟"的宗教性含义了。

而咒语的情形又是什么意思呢，我只有举例才能说得清楚些。我现在讲一个故事让读者们易于理解：比方说我做了一个稻草人偶。是的，就和修女海伦[2]制作蜡像一样，都是出于相同的理由。据说，如果丑时时分将人偶捆在寺院的树上，用五寸的钉子用力钉它，那么受诅咒的人将在无比痛苦中死去。也许这样，读者们就可以明白"比拟"的另一个含义了吧……

那么，我还要再举一个别的例子：假如有一个强盗半夜潜

---

1 佛教词语。指的是直心、深心、大悲心。
2 一九九五年美国电影《死囚漫步》的女主角。

入你的家里，把你最珍视的宝贝偷走了。如果你在院子里发现了他的脚印，就要立刻在那足迹上铺些艾草，点一把火烧掉。只要这么做，强盗的脚底就会像被火焰炙烤一样滚烫，如果他不主动认罪，祈求你的原谅，就必须不断地蹦跳。像这样的诅咒也可以用"比拟"来形容。

接下来的第三点，我想继续说明关于无间钟的诸多传说。

当铜钟已经沉入沼泽，当然没有办法再去撞碎它了。然而有一些人因为没能撞成铜钟而后悔不已，他们为了得到铜镜主人的青睐，就砸坏其他东西作为铜钟的替代。这些人里，就有一个叫作梅枝的女子，她与源氏武将梶元景季的故事十分有名。

一次，梅枝与梶元景季一起出游。一天，景季因为缺钱而困扰不堪，梅枝便想起了无间钟的传说。她拿起一个铜制的洗手盆，当作铜钟敲打出声音，直至将它打破为止，其间还大声诵唱着希望赏赐三百两钱。

和他们同住一个旅店的客人听到声音，就来问他们发生了什么事情。他听说两个人为了钱而发愁，就真的送给他们三百两钱。这之后，梅枝与洗手盆的故事便被编成了一首歌曲，如今还有艺妓传唱：

　　敲一敲梅枝的洗手盆，
　　假如能拿到银两的话。
　　小女子有个不情之请，
　　您可否将奴家赎回呀。

这件事发生之后，无间钟的传说又传得沸沸扬扬，很多人效仿梅枝，也期盼好运落在自己身上。

　　在无间山附近的大井川河畔住着一个农夫，他听说之后也要效仿。这个男人平时吊儿郎当，整日无所事事地混时间，终于把所有财产都用光了。他用院子里的土做了一口钟，一边大声唱着想要堆积成山的财宝，一边将泥做的钟敲碎了。

　　于是他的面前出现了一位长发飘飘的白衣女子，手里握着一把壶，这样说道："既然你诚心诚意地求我，我便回报你。你就把这壶拿走吧。"女子说完，就把壶递给男子，随后消失了踪影。

　　男子喜形于色，赶紧跑回家里，要把这个好消息讲给他老婆听。他坐在老婆面前，两人一起把那沉甸甸的壶盖撬开了。而从那壶里涌出来的竟然是……

　　不，这可说不得。那壶里挤得满满当当，快要冒出来的东西，我可实在是说不出口呀。

僧門衰

曾人兴义

僧興義の話

僧人兴义的故事

　　这个故事发生在距今约一千年前。近江国（现在的滋贺县）大津有一座远近闻名的寺院叫作三井寺（园城寺的通称，天台宗寺门派的总本山），住着一名博学多才的方丈，叫作兴义。这位方丈还是一名画工了得的绘师，绘画佛像自不必说，风景画、动物画、花鸟画也画得栩栩如生，他还特别喜欢画鱼。

　　每当天气晴朗，僧人的日课也做完的时候，兴义方丈总会去琵琶湖边，雇一名渔夫，嘱托他捕鱼的时候不要伤害鱼儿，鱼捉上来便放进一个大桶里。这么做，是为了观察鱼儿游动的姿态。画完之后，兴义方丈就给鱼喂些饲料吃，再将它们放生回琵琶湖。后来，方丈画出的鲤鱼图非常有名，人们不远万里也要赶来观赏一番。其中最精彩的画作，画的不是活鱼，而是方丈梦境中的鱼。

　　一天，方丈在湖边望着鱼儿游泳时，因为困倦而打瞌睡，做了一个梦。梦里，他在水中和鱼儿一起游泳。醒来之后，和鱼儿携手同游的记忆还十分清晰，就把它画成了画，题名为《梦应鲤鱼》，挂在自己屋子的壁龛上。

如果有人要买方丈的风景画、花鸟画，他都很乐意卖出去，但是唯独不愿意卖鱼儿的画。他说，不能把活生生的鱼儿的画像卖给那些杀鱼、吃鱼的人们。那些有闲钱买画的富人，个个都吃鱼，所以不管给多少钱方丈都不愿意卖。

一年夏天，方丈得了重病，仅仅一周的时间病情便严重到说不出话，动不了身的地步。周围的人都以为方丈已经圆寂，便给他办了葬礼。但是葬礼之后，一位弟子发现方丈的身体还是温热的，就决定延后埋葬的日期，亲自守着方丈的遗体。那天下午，方丈意外醒来，看到有人守候着自己，便问他："我睡了多长时间？"

"三日有余。"弟子回答道，"大家都以为您圆寂了，今天早晨您的亲人和众施主们都聚集起来，给您办了葬礼。但是您的身体还残留着一些温度，我就没有将您下葬。现在您醒了过来，真是太好了。"

听了弟子的话，方丈点点头表示谢意，接着说道："来人，现在马上赶往平之助家里，他现在应该正领着年轻人吃鱼喝酒，大办宴席。你就跟他们这么说，方丈死而复生了，马上停下你们的酒宴，来寺院一趟。方丈要给你们讲一个不可思议的故事。"

方丈继续说道："仔细看看平家兄弟二人在做些什么，还有，仔细看看他们是不是正如我所说，在大办酒席。"

一名小和尚马上赶往平之助家里，看到平之助和他的弟弟十郎，和叫扫守的门客三人果然正如兴义方丈说的那样在饮酒作乐，非常震惊。平之助三人听到方丈的口信，马上弃酒席而不顾，赶去寺院了。

这时，兴义方丈已经被人扶了起来，笑容可掬地迎接这三个人。一番寒暄过后，和尚对平之助说："我有话要问你。今天，你是不是从一个叫文四的渔夫那里买了一条鱼啊？"

"是的，方丈。可是您是怎么知道的？"

"先别着急。今天文四将那三尺有余的鱼儿装进筐子，进了你的家门。离中午尚早的时候，你和十郎开始下棋，扫守则一边吃桃一边在旁边看你们下棋，我说的可有错？"

"的确如此。"平之助和扫守愈发地惊奇，异口同声道。

"扫守看到那条大鱼，马上就决定要买下来。他付钱给文四，把盘子里的桃递给他吃，还给他三杯酒喝。之后你们叫来厨师，让厨师看这条鱼。厨师将这条鱼称赞一番，平之助吩咐说要做成生鱼片吃，还让准备酒席。我说的这些可有半点差错？"

平之助回答道："的确如您所说的那样。可是今天在我家发生的这些事情，您怎么都知道呢？还请您告诉我原因。"

"好吧，那我就讲给你听吧。"

"所有人都以为我死了，这你是知道的吧，你们也参加了我的葬礼。三天之前我没想到自己的身体会到如此虚弱的程度。只记得天气闷热至极，浑身又懒又乏，只想走到外面阴凉的地方。我便从被褥里挣扎起身，拄着拐杖走到外面去了。现在想想，大概那便是幻觉了。到底是幻觉还是现实，反正各位自有判断，我便只说发生的事情吧。

"从屋子出来，在清澈的天空下散步的时候，我感到身体变得格外轻快。这感觉就好像一只被人抓住的小鸟刚从鸟网和鸟笼里逃脱出来一样。我就那样轻飘飘地走着，一路走到湖前。望着碧绿清澈的湖水，我突然想跳进湖里游上一番。于是我脱掉身上的衣物，飞身跃进湖中。一把年纪的我竟然能游得又快又好，我非常吃惊，因为生病之前我并不擅长游水。

"你们可能以为，我在扯些不着边际的愚蠢梦话，但还是接着听下去吧。在我正佩服自己游泳技艺的时候，发现有一群漂亮的鱼儿游来游去。看了那个场面，我不禁羡慕起鱼儿来。我们人类不管游得有多好，终究不像鱼儿那样游得自由自在啊。

"恰在此时，我面前出现一条大鱼跃出水面，口吐人言对我说：'想要实现你的心愿，并不是什么难事。且等一等吧。'说完就消失在水中了。过了两三分钟，那条大鱼又从湖底回来了，身上背着一个年轻的男子，衣冠打扮好像皇子一样。

"'我是龙神大人的使者，龙神大人知道你想变成鱼儿在水中玩耍嬉戏一段时间。先前，你救过很多鱼儿的性命，又有悲悯生灵之心，所以龙神大人赐予你金锦鲤的衣装。你将它穿上，便可尽情享受水的世界了。

"'但你千万要遵守约定。今后一定不能吃鱼，也不能吃任何鱼肉做的食物。不管它多么美味，也绝不能沾上一口。你还要多加注意，不要被渔夫的渔网逮住，也不要让身体受伤。'说完，使者和那条大鱼都消失在深深的水底，不见踪影了。

"这时，我发现我身披金色的鳞片，连鱼鳍都长出来了。我的确变成了一条金黄色的鲤鱼，可以尽情游到想去的地方了。后来，在我的记忆里，我游到过很多很多美丽的地方。

"一段时间里，我满足于碧绿的湖水中摇曳的阳光，无风的日子里，平静无痕的湖面倒映着群山和树木。我记得最清楚的是，冲津岛还是竹生岛（都是琵琶湖中的岛屿）的沿岸，映在水中的样子好像赤红色的山壁。有时我也游到岸边，甚至能看到从湖边经过的行人的脸，听到他们说话的声音。我还曾经在水面睡觉，被船橹的声音吓醒。夜里的月光可真美啊，但也有很多次被片濑[1]渔船的渔火吓到。在天气不好的时候，我就潜到湖水的深处，在湖底游泳。

"我高兴地游了两三天，感觉饥饿难耐，便四处寻找能填饱肚子的东西。谁知来到了这一带岸边，正好看见文四在那边打鱼。因为文四放的鱼钩上有十分好闻的气味，我便游了过去。那时，我想起龙神的警告，便告诉自己：'不管在什么情况下，都不能吃用鱼肉做的食物。因为我是佛教弟子'，就离开那个地方了。

"可是，又过了一会儿，实在空腹难耐，终于抵挡不住鱼饵的诱惑，便回到了鱼钩那里。我想，就算被文四抓住了也没关系，我们是老相识了，他不会伤害我的。

"于是我打算咬断鱼钩上的鱼饵，但鱼饵总也掉不下来。我被鱼饵的香味吸引，一咬牙把整个鱼钩都含住了。就在那个瞬间，文四把鱼竿往上一提，我就被捉住了。我大叫：'文四，你这是做什么。你想害我受伤吗？'

1　位于日本神奈川县藤泽市，滨海地区。作为海滨浴场很受欢迎，也有水族馆等设施。

"可是文四好像根本没听到我说话的声音，用钓鱼线在我下颚周围缠了一圈，就扔进筐里，提着我往你们家走去。

　　"这筐子刚一打开，我就看到你和十郎正在下围棋的样子，扫守一边吃桃一边在你们旁边看棋。你们三人马上走到门口，见了我都高兴地说，竟有这么大的鱼。我用平生最大的声音叫道：'我不是鱼，是兴义呀，是兴义方丈，快把我带回寺里！'

　　"可是你们根本毫无反应，只是拍手鼓掌，十分欢喜的样子。厨师把我拎到厨房，一把甩在案板上。我看到身旁那把磨得锋利的菜刀，不禁发出悲鸣。就在我喊叫着'年轻人，你不要杀我，我是佛教弟子啊'的时候，那把菜刀已经插入我的身体，我感觉尖锐的疼痛游走我的全身。这时，我突然醒来，才发现自己原来在寺里。"

　　方丈说完，平之助和弟弟好像突然想到什么，说："这样说来，我们看那条鱼的时候，鱼的下巴一直在动，只是我们听不到任何声音。我马上命仆人赶回家里，把剩下的鱼也放回湖里吧。"

　　不久之后，方丈的身体逐渐好转，绘出了不少画作。

　　根据传说，方丈圆寂后，过了很长一段时日，他曾绘过的几张鱼儿画作偶然掉进了湖里，画上的鱼竟从绢面和纸面上挣开，游进了湖中。

安艺之介

安芸之介の夢

安芸之介的梦

很久以前，在大和国（现在的奈良县）一个叫十市的地方，住着一名叫作宫田安艺之介的乡士[1]。

安艺之介府邸的院子里有一棵高大繁茂、年岁悠长的古杉树，每当天气闷热的时候，他就在那棵树下乘凉。一个非常炎热的下午，安艺之介在那杉树之下和两位乡士朋友喝酒谈笑。忽然，安艺之介感到一阵强烈的困意袭来。由于实在太困了，安艺之介连礼数也顾不得，只和朋友说了声我要睡了，就在树底席地而眠，酣睡了起来。睡意蒙眬间，还做了这样的梦……

安艺之介在府邸的院子里躺了一会儿，就看见一支气派非常的领主队列从附近的山丘走了过来。他站起身来，目不转

---

1 日本封建时代的一种特权阶级，兼有武士、农民两种身份，拥有自己的土地。相当于英国的自由民。他们的身份可世袭，被称为乡士。

睛地看着。那真是他有生以来见过最豪华的队伍，而且那支队伍前行的方向正是安艺之介的府邸。几位穿着华贵的年轻人走在队伍头列，牵着一辆用精美的蓝色丝绸铺盖的大型涂漆御所车[1]。那队伍走到他的府邸前停了下来，一个穿着不凡，一看就是位高权重的男子从队伍中走了出来，迎到安艺之介的面前，恭谨地低头说道：

"我是常世国国王的家臣，此番代国王陛下前来拜见，奉国王陛下之命，愿为您效犬马之劳。国王陛下还希望您移驾去宫里相见，这是为迎接您而派遣的宫车，请您上车，我们即刻启程。"

听了这些话，安艺之介本想给出一句得体的答复，怎奈由于太过惊讶，一时竟无言以对。同时，安义之介的意识和身体好像脱离了控制一样，只能听从那位家臣的要求了。

安艺之介一上车，那位家臣就坐到了他的身边，向其他人做了一个手势。牵着丝绸绳索的年轻人驱车前往南边的方向。就这样，旅途便开始了。

让安艺之介惊讶万分的是，没过多长时间，车辆便停下了。眼前是安艺之介从未见过的景象：一座壮观巍峨的中国式样两层宫楼映入眼帘。家臣下车，对安艺之介说了一声："我前去通报一声"，便离开了。等了一会儿，安艺之介便看到两位穿着紫绢宫服、头戴高冠、地位显赫高贵的侍者从宫门走了出来。两人谦恭地向安艺之介低头问好，扶他走下御所车，然后领他走进宏伟的楼门，穿过开阔的庭园，走到宫殿的入口。这宫殿占

---

1 在京都御所（即天皇，皇子等的住所）的周边被使用的贵族的乘车工具，牛车的别称。是既古典又优雅的图案的代表。

地广袤，不知绵延了方圆多少里。

安艺之介就这样被人带到了富丽堂皇的会客间。两名侍者领安艺之介坐到上座，而后便恭敬地坐在离得稍远的地方。这时，身着礼服的侍女们端来了茶和点心。安艺之介用完茶点，穿着紫色宫服的侍者低着头再度来到安艺之介面前，按照宫廷的规矩，两人你一句我一句地开口道。

"关于传召您来这里的理由……把这个理由告知给您是我们的崇高使命……我们的国王陛下希望册封您为驸马爷……与国王陛下的掌上明珠……在今日完婚，这是希望，也是命令。

"……我们马上带您去觐见厅……国王陛下已经等候多时了……但是，在那之前，我们已为您准备了和典礼相适的衣服……烦请您移步更衣。"

两位侍者说完，便起身走到壁龛，那里放着一座金漆彩绘的巨大衣橱。二人打开衣橱，从中取出绚丽豪华的官服，配有镶金嵌宝的束腰和衣冠。两位侍者服侍安艺之介换好礼服，使他符合驸马应有的装束。

安艺之介就这样被带到觐见厅。在那里，常世国的国王头戴显示尊崇的黑冠，身穿明黄丝绢，坐在玉座上。玉座前，身份尊贵的大臣们从右到左排成几列，就像寺院里成群的佛像一样，端庄稳重地跪坐着，身姿岿然不动。

安艺之介从众大臣中间穿过，走到国王面前，按照宫廷的规矩行了三拜之礼。国王也回以郑重的问候，这样说道："这次希望你前来的理由，想必你已经听说了。本王已经决定，由你做本王独女的夫婿，婚礼便在今日举办。"

国王话音刚落，喜庆的音乐便奏了起来。于是帐后一众美丽的侍女鱼贯而入，将安艺之介引到公主所在的房间。

那本是一个非常宽广的房间，如今来了很多观礼的宾客，显得熙熙攘攘。当安艺之介在早已准备好的，放在公主对面的坐垫上坐下时，客人们都深深地鞠了一躬。新娘好像天上的仙女一样，身上的嫁衣宛如夏日天空般闪耀璀璨。举办庆典的整个过程，氛围都无比祥和欢快。

当仪式结束，新郎新娘被引领到宫殿另一处布置完善的婚房，他们收到很多贵族的祝福，还有数不清的庆贺礼物。

几天之后，国王又一次把安艺之介召到自己的宫殿里。这一次的态度比先前还要温和有礼，国王说："我国领土的西南部有一座岛屿，名唤莱州岛。我册封你为那里的岛主。你事先可能已经了解，那里的居民个个都是忠诚恭顺的人。但是岛上的法度和常世国的规章礼法有些不一致的地方，风俗习惯也多有不同。

"希望你能改善那座岛的生活状况，用美德和智慧来治理那里的居民。出发去莱州所必要的资粮均已命人备好了。"

就这样，安艺之介协同妻子从常世国的宫殿出发，王公贵族和各部官员为他们送行，一行人走向码头。他们登上国王御赐的航船，便扬帆远行了。一路上乘着顺风，平安顺利地抵达莱州，岛上善良淳朴的人们都聚集在海边，迎接他们远道而来。

安艺之介马上开始执行自己的任务了。诸般事宜处理起来竟也得心应手。在治政伊始的三年里，他将主要精力都用在制定和推行律法上。在优秀的辅佐官吏的协助下，他从来没有觉得理政辛苦过。等制定、推行律法的任务一一完成，除了出席一些从古代沿袭下来的典礼以外，安艺之介便没有什么需要操心监管的政务了。

莱州岛的气候适宜，对人身体很有裨益，土壤也很肥沃，从来不用为疾病和贫穷担心。人人都很善良敦厚，无人随意违背律法。安艺之介又在莱州岛居住了二十年，继续治理岛屿。他在这里总共生活了二十三年，从未有过一丝悲伤的阴影。

但是就在第二十四年，巨大的不幸降临在安艺之介身上。那为他生下七个孩子——五个男孩和两个女孩——的妻子不幸因病去世。人们为她举行了盛大的葬礼，并将遗体埋葬在一座叫作盘龙冈的美丽山丘上。坟墓上立了一块华丽无比的墓碑。但是安艺之介因为爱妻逝世而悲伤不已，每日怏怏不乐，失去了活着的动力。

给妻子办完正式的丧礼，常世宫殿的使者来到莱州。使者向安艺之介致了哀悼辞之后，这样说道："常世的国王陛下命我给您传达下述旨意：'本王期望你回到故乡。你那七个孩子是本王的孙儿，自当精心培育，你不必为孩子们的事情而感到烦扰。'"

接到这个命令之后，安艺之介便照国王的谕旨，开始准备返回的事宜了。在交接好身边的事宜，和辅佐官吏、信任的官员们开完送别会之后，安艺之介就踏上返程，人们聚集到海港非常郑重地为他送行。他登上迎接他的官船后，船只便破浪而去，驶向无垠的蔚蓝身处。莱州岛的光影也渐渐变淡，变为蓝色，又不知何时变成灰色，最终永远消失在他的眼帘中……

那之后，安艺之介便猛地睁开了眼睛，他发现自己仍在府邸的院子里，在那棵杉树的阴凉下……安艺之介摸不着头脑似的发了一会儿呆，恍惚不已。他转头看到两位朋友还坐在自己身边，快乐地喝酒谈笑着。安艺之介困惑地看着他的两个朋友，不禁放声说道："这是何等的不可思议啊！"

"安艺之介大人可是做梦了？"其中一个朋友笑着说，"究竟梦到什么不可思议的事了？"

于是安艺之介就把梦里的常世王国、莱州岛中度过的二十三年时光等等都讲给他们听了。听罢，两位朋友十分吃惊，因为安艺之介实际睡着的时间不过才几分钟而已。

安艺之介的其中一位朋友说道："安艺之介大人的梦真是不可思议啊。不过，在您熟睡的时候我们也看到了一番奇异的景象。有一只黄色的蝴蝶，先是在您脸部周围飞了一会儿，在我们凝神观察的时候，那只蝴蝶就停在您身旁的地上了，就在杉树根那里。这蝴蝶刚停下来，就有一只很大的蚂蚁从洞里钻出来，抓住蝴蝶将它引进洞穴里去了。

"就在您苏醒之前，先前那只蝴蝶又从洞穴里飞了出来。还是像先前那样在您脸部周围翩翩飞舞，然后转瞬之间消失无踪。我们也没有看到那蝴蝶到底飞到哪儿去了。"

"莫非那蝴蝶就是安艺之介大人的魂魄吗？"另一个乡士说道，"我的确看到那只蝴蝶飞进您的口中……但是就算那只蝴蝶的确是安艺之介大人的魂魄，也不足以解释这梦境啊。"

"不，蚂蚁也许就是解决问题的线索。"起初开口的乡士接着说道，"蚂蚁是一种奇怪的生物，甚至或许可以称作是一种魔物呢……对了，这棵杉树底下有一个很大的蚁巢。"

"那我们就验证一下吧！"安艺之介听了朋友的话，非常动心，便这样大声地说道。然后去取锄头，动手挖掘。

　　杉树周边的土壤中，无数蚂蚁协力挖出了迷宫一般复杂的洞穴。其间用麦秸、泥土、草茎做出小屋子的样子，就像是城市模型一样。在蚂蚁洞的中央有一座巢穴，空间之大远非其他房子可比拟。那里聚集着很多小蚂蚁构成的群落，数量之多令人惊讶。这些小蚂蚁团团围着一只格外硕大的蚂蚁，这蚂蚁的翅膀是黄色的，硕大的头部是黑色的。

　　"哦，这是我梦中的国王陛下！"安艺之介喊叫起来，"还有常世的宫殿……多么奇妙啊！莱州岛一定在这里的西南方向，这支粗树根的左边……啊呀，有了！多么不可思议啊。那么，那座命名为盘龙冈的山丘一定也在。还有，我爱妻的坟墓也会在……"

　　安艺之介执意在破坏了的蚁巢里翻找，终于发现有一块微微隆起的土地。上面有一块用水磨圆的，佛教墓碑形状的小石子。安艺之介在那下面发现了埋在土里的雌蚁的尸体。

妖怪と悪霊のたくらみ

第四章　妖怪和鬼魂

むじな

貉

むじな

貉

　　东京的赤坂大道上，有一处叫作纪伊国坂[1]的坂道，意思是纪伊国（现在的和歌山县和三重县南部）的坡道，但为什么起了那样的名字，我并不知道。这坡道的一侧，自古就有一道极深极宽的护城河，青草茂盛的河堤通往某座房子的庭院。

　　坡道的另一边是皇宫高耸的城墙，绵延到很远的地方。在既没有路灯，又没有人力车的古代，到了日落时分，这里便鲜有人迹，十分寂寥。旅客们在夜晚抵达这里的时候，都会避开纪伊国坂，即使绕远也要选择一条其他的路走。

　　因为这里经常有貉（狸）出没。

　　最后一个见到那只貉的人，是在京桥经营一家老铺的商人，

1　纪伊国坂是港区赤坂一丁目通往旧赤坂离宫外护城河的斜坡。江户时期，纪州一家在这里建府，故以此命名。

已经在三十多年前去世了。这个故事就是那位商人讲的。

某天傍晚，那名商人急匆匆地赶路，登上了纪伊国坂，却发现护城河边有一名女子孤身一人蹲在地上，抽抽搭搭地哭个不停。商人担心她会投河自杀，便停下脚步，想给她提供一些帮助或者安慰。那女子身影瘦弱，看上去气质淡雅，穿着很高级的衣物，发髻绑得很端正，看起来和高门大户的闺秀一般。

"这位姑娘"，商人向女子搭话道，"姑娘，不要哭了。请跟我说说发生什么事了。如果有什么能帮得上忙的地方，我一定倾力相助。"（商人是一个十分热情亲切的人，说的这些都是肺腑之言。）

可是这位女子仍旧用袖子将脸部遮住，不住地哭泣。

"姑娘，"商人又一次温柔地呼唤女子，"请你听我一言。天色已晚，这里不是你这样的年轻女子可以待的地方。请你不要哭了，若有我能帮助你的事情，就请说吧。"

女子还是背对着商人，缓缓地站起身来，依然用长长的袖摆遮着脸，不停哭泣。商人轻轻把手搭在女子肩上，用温柔的口吻劝道："姑娘，姑娘，听我说吧。哪怕是听我说一句也可以……喂，姑娘！"

……于是女子终于将袖子放下，用手抚摸自己的脸颊——那女子的脸上，没有眼睛，没有鼻子，也没有嘴巴。

商人大叫一声，惊惶而逃。

商人只顾在纪伊国坂上奔跑，眼前一片黑暗，什么都看不见。但商人还是胡乱地向前奔跑，连头都不敢回。

终于，商人看到远方有一丝小小的光亮。因为实在离得太远了，只能看见灯光如萤火虫一般闪烁，商人还是不顾一切地往那边奔跑。离得近些，才发现那亮光原来是街边小店挂的灯笼，卖的是夜宵荞麦面。在遭遇了那么可怕的事情之后，尽管只有微弱的灯光，但只要能和人在一起，商人就觉得放松下来。

商人在荞麦面店里坐下，浑身仿佛要瘫倒似的，口中呼呼喘着气。

"哎，哎！"荞麦面老板冷淡地应声道，"这是怎么了？是不是有人要伤害你啊？"

"不是，没有人伤我……只是……啊啊，啊啊！"商人上气不接下气地答道。

"那么，是被人威胁了吗？"荞麦面老板语气淡漠地问道，"还是被人追赶呢？"

"不是被人追赶，也不是……"商人由于恐惧而气喘吁吁地这样答道，后来又终于鼓起勇气说，"出现了，出现了，一个女人。她在护城河畔的那个地方……那个女人，她给我看了……啊啊，我说不上来！"

"客官，那女人给你看的，是这样的吗？"荞麦面老板发出低吼的声音，用手摸了摸自己的脸。于是转瞬之间那男人的脸变得像鸡蛋一样平滑，无眼，无口，也无鼻。

与此同时，店铺的灯笼也熄灭了。

茶わんの中

茶碗之中

    不知各位是否有过这样的经历：身处某座古塔中，沿着阴暗的螺旋状楼梯而上，一旦登到顶点，却发现不过是挂着蜘蛛巢穴的阴暗角落。又或者，你走在海边陡峭的山路上，怪石嶙峋，转角后陡然发现面前出现的竟是耸然而立的断崖峭壁。不知你可曾有过这种经历？而这样的经历对文学领域是否存在意义，大概取决于在特定情况下带来情绪波动的大小和残存记忆的鲜明程度吧。

    不可思议的是，在日本的古老传说中就有很多类似情况，很多没有结尾的故事。是作者太懒了，还是和出版社发生口角了？是因为有急事不得不离开书桌，之后就没有再回来呢，还是作者的故事没能写完就猝死了呢？

    不管怎样，作者已经故去，不可能再向我们阐明他这样做的理由。下面要讲的，就是这类故事的典型之一。

那是天和三年（一六八三年）的一月四日发生的事情，距今已差不多二百二十年了。一个名叫中川佐渡守的领主带着一行家臣去拜年走访，中途在江户本乡白山的一处茶屋停下，小憩片刻。

这一行人当中，有一位叫作关内的年轻随从。因为口渴，他便端了一个大茶碗，斟满茶水，当他拿到嘴边正要喝的时候，看到茶碗中黄色透明的茶水表面，竟映着一张人脸。但那并不是他自己的脸。关内觉得很奇怪，环顾四周，却发现身边并没有人。茶里映着的人脸无比清晰，从发型来看，应该是一位年轻的武士。那是一张五官端正明朗，轮廓俊秀精致如女子一般的脸庞，就好像是活人一样，眼睛顾盼生分，嘴巴轻微翕动。

关内觉得很不舒服，便将茶水倒掉，翻来覆去地端详这只茶碗，但是也没有发现什么，只是一个便宜的普通茶碗罢了，上面甚至没有特别的花纹。这次，关内又拿来另一只茶碗，往里面斟茶水。男子的脸庞再一次出现了，这次，脸上的表情甚至还有一丝嘲笑的意味。

"这究竟是个什么东西！休想诓骗我！"关内一边喃喃自语，一边把茶水全部喝掉了，包括那张人脸。那之后，关内便跟随领主再度出发了，但是心里还残存着自己可能喝下了一个幽灵的想法。

那天夜里，关内在领主的府邸里巡夜时，竟有人无声无息地潜入了室内。那人是一个服装整齐的年轻武士，他直接来到关内的面前坐下，微微低着头开口道："本人名叫式部兵内。今天已经和您见过面了。但您似乎不记得我了。"

尽管这声音很低，但却清晰可辨。关内看清那年轻武士的脸时，不由大吃一惊。因为那正是他中午和茶水一起吞下的那张让人不舒服的脸。那人嘴角浮现出了像幽灵一般的嗤笑，而眼神却露出挑衅和轻视的神情，目不转睛地盯着关内。

"不，在下从未见过您。"关内掩饰住心里的不安，有些生气地回答道，"我更想知道的是，这座房子你是怎么进来的，请你说明一下。"（在封建时代，所有领主的府邸都有十分森严的戒备。有时作为警卫的守门人一时糊涂疏忽也会让人通过，但不管是什么人，不经通报是不能进入宅子的。）

"怎么，为何说不记得我呢？"那个侵入者追问着关内，语调讽刺，声音也抬高了，"是吗，你说从未见过我。但是今天早晨你让我受到了致命的伤害，这你总要负责任的。"

关内立刻从腰部拔出短刀，直斩向男子的咽喉，可是什么都没有碰到。那侵入者迅速退到墙壁，一瞬间竟直接穿墙而出。墙壁上没有留下丝毫痕迹，就像蜡烛的光亮穿过灯笼那样。

关内将这件事讲给同僚们听，大家都非常吃惊，露出惊讶的神色。因为在那个时间，任何人都没有看到进出过府邸的人。并且，在侍奉中川佐渡守的家臣当中，没有叫"式部兵内"的人。

转天晚上，关内并不当差，和他的父母住在自己家里。夜深之时，家仆上报有陌生人来访，想和这家主人一叙。关内手持短刀，走出大门一看，门口有三个男人等待着关内，看样子，不知是哪个府里的仆从。

三人对关内恭恭敬敬地拜了一拜，其中一个人开口道："我等分别是松冈平藏、土桥文藏和冈村平六。昨天晚上，我们的主君特意拜访您，却被您用刀斩伤了。主君身受重创，如今正在温泉疗养地疗伤。

"但下个月十六日我们将会回来。那样的话，主君一定会把上次受的伤一并讨回……"

他们话还未说完，关内便拔刀从左往右斩了过去。这三个男子一下退到隔壁房子的围墙上，像影子一样消失了。

到这里，这篇故事便戛然而止。这个故事的后续，大概也曾在作者的大脑中构思过，但都被遥远的过去化作尘埃消失了。

我自己倒是想了很多结局，可是每一个都不足以满足西洋人天马行空的想象力。

这是一个喝掉别人魂魄的故事，后续发展可供各位读者自行想象。

常識

常识

　　很久以前，在京都附近的爱宕山里生着一位方丈。这位方丈知识渊博，一心钻研坐禅和经书，是一个心无杂念的人。方丈所在的小寺院离村庄很远。住在这种人迹罕至的地方，如果没有人们的帮助，日子想必很不好过。村里有一些非常信仰佛教的人们，总是按月准时将蔬菜和大米送到寺院，方丈和小沙弥以此为生。

　　在那些亲切的村民中，有一个时常去山里抓捕猎物的猎人。一天，猎人给寺院送大米时，方丈把他叫住了。

　　"我有话要对你说。自打你来了之后，这里便发生了很多不可思议的事情。我也不甚清楚，为什么像我这样愚钝不慧的僧人身边会发生那样玄妙的事情。

　　"但是你也知道，我长年累月勤勉于坐禅读经，一天也不敢怠慢。如果我有幸得到福泽恩惠的话，应该也是勤勉修行的功德。虽然详细的缘由我不了解，但是普贤菩萨居然每天晚上都会乘着大象来我们寺院显灵。今天晚上你就留宿在寺院里吧，应该可以瞻仰菩萨圣颜。"

"能够有幸瞻仰菩萨尊贵的仪容，真是感激不尽。"猎人回答道，"我非常愿意，请允许我和您同行吧。"

于是猎人便在寺院里住下了。在沙弥们勤勉干活的时候，猎人想起方丈的那话，不禁有些怀疑是否真的有圣灵显现。猎人越想疑虑越深。寺里还有一个年纪很轻的小沙弥，猎人便找了个时机向他问道："我听方丈师父说，每天晚上普贤菩萨都会在寺院显灵，你们也见过吗？"

"是的，迄今为止，我拜见过普贤菩萨大人六次。"小沙弥回答道。

听了这话，即使知道小和尚所言非虚，猎人还是觉得奇怪。猎人思忖着，既然小和尚也能见到菩萨真容，那么自己说不定也有机会拜见。于是猎人开始期待起菩萨降临的样子了。

时至午夜，方丈告诉猎人，普贤菩萨显灵的时间马上就要到了。小小的寺院将门敞开，方丈朝着东面的方向恭敬地跪在门口。小沙弥效仿方丈，在左侧跪下。猎人则在方丈背后，姿势也十分恭敬。

九月二十日的夜里——那是一个冷清昏暗、寒风骤起的夜晚，三人一直在等待普贤菩萨的到来。终于，东方出现一道如星的白光。这光亮在刹那间便靠近了，显得越来越大，照亮了高山斜面的每个角落。不一会儿，那道光亮化作具体的形态，菩萨的身姿便显现出来，身下乘着的白象有六根象牙，雪白无比。下一个瞬间，白象承载着通体散发出佛光的普贤菩萨抵达寺院前面。菩萨散发的光芒宛如月光般皎洁，法相殊胜，绝妙非凡。

方丈和小沙弥当场倒身下拜，对着普贤菩萨一心念佛诵唱。可是猎人却在他们身后，手持长弓，突然站立起来，用力拉满弯弓，对着佛光闪耀的菩萨嗖的一声将长箭射了出去。箭羽便直直地刺进菩萨的胸膛。

转眼间，随着一阵雷鸣般的巨响，天地间的白光尽数消失，菩萨的踪影也不见了，寺院门前只剩呼啸的狂风和无限黑暗的夜晚。

"岂有此理！"方丈因为过于愤慨和绝望，眼里闪烁着泪花，怒声呵斥道，"你这卑劣邪枉之徒，瞧你做的好事！你对菩萨做了什么……"

不管方丈如何责骂，猎人都丝毫不放在心上，也不见任何愠色。他还沉稳地回答道："方丈师父，请您冷静下来，好好听我说的话。如您一开始所说，方丈师父每日潜心坐禅读经，积累了无数功德，所以才能瞻仰菩萨真容。但倘若那是真的话，菩萨不应该在我和小沙弥面前显灵，而是只应出现在您的面前。

"我是个没有知识的猎人，以杀生为业，做得是掠夺生命的行当，佛祖应该无比厌恶我才对。我这样的人怎么能有机会瞻仰普贤菩萨呢？我听说，佛祖就在我们身边，但是只要我们还是粗陋无知的人、修炼不够的人，便不会让我们看到他们的样子。方丈您素来品性高洁、学识兼备、大彻大悟，像您这样的人或许能瞻仰菩萨的样子，可像我这等以杀生为业的人又何德何能呢？

"刚才，我和小沙弥与您所见景象相同。方丈，我便和您直说吧。您所看到的，并不是普贤菩萨。一定是魔物将您欺骗，还妄想借此机会大开杀戒。请您沉下心来，等天亮的时候，再去证明我刚才说的事情吧。"

转天，太阳刚刚升起，猎人和方丈便决定一起去那个身影曾经站立的地方调查一番。那个地方还残留着淡淡的血痕，沿着那道痕迹走了几百步，就看到有一个洞穴。那里有一只大狸的尸体，身上插着猎人的箭羽。

方丈是一个博学而虔诚的高僧，却还是轻易地被狸欺骗了。而猎人既没有知识，又没有在佛门修行过，却能牢记常识。正是靠着这种与生俱来的智慧，才能瞬间看破和击退危险的幻影。

生霊

生灵

很久以前，在江户的灵严岛（现在的东京市区中部，隅田川河口右岸）一带，有一家叫作"濑户物[1]店"的大商铺，专门经营陶瓷。店主名叫喜平，是一个富裕的商人。店铺的掌柜叫作六兵卫，已经在店里工作了几十年之久，在六兵卫的管理下，店里生意十分兴隆。随着生意越发兴隆，只靠掌柜一个人实在忙不过来，便决定向店主提出，希望雇佣一位有经验的二掌柜。六兵卫便把他那二十二岁、在大阪陶瓷铺工作的外甥叫来了。

做了二掌柜的外甥十分擅长经商，能力甚至超过了六兵卫。店里的生意越来越兴旺，店主喜平十分高兴。可是，年轻的二掌柜才上任七个月，便得了重病卧床不起，甚至到了马上就要死去的程度。江户的很多名医圣手都被请来给二掌柜看病，可

---

1 日语中的濑户物是陶瓷器的通称。

是没有一个大夫能瞧出病因。大夫们只是口口声声地说，这是灵丹妙药也救不好的病，病人抱恙，大概是因为不为人知的烦恼所造成的。

六兵卫猜想，外甥的病或许是相思病害的，所以决定问上一问。

"你还很年轻，我想可能是因为有恋爱的烦恼，而不愿说出口吧。这令你快快不乐，甚至生病，对吗？如果是这样的话，就跟叔叔讲一讲吧。现如今你孤身一人在外谋生，远离父母，我一向将你视若己出，也愿意代替你的父母亲缓解你的痛苦。无论什么难事，我都愿意替你承担，要是用钱能解决的话，不管金额多少尽管跟我说，我都会帮助你。我相信咱们的东家也会竭尽全力。"

卧病在床的年轻人听到叔叔那温柔而又有力的话语，似乎有些犹豫。沉默不语半晌，才开口说道："叔叔说的这些令人感动的话，我这辈子都不会忘记。但是我并没有什么恋情，也没有钟爱的女子。这病，医生是治不好的。想必用钱也无法解决。

"其实，有一个女人的影子一直纠缠着我，对我百般折磨，我现在已经不想活了。那个女人的影子整日纠缠不休，不管白天还是晚上，不管在店里还是在我的房间里，不管其他人在或不在。我感觉自己好像一个被刑讯的犯人。

"我已经很久没有睡过一个安稳觉了，一闭眼，就感觉那个女人的影子要掐我的脖子，想将我绞杀，所以我非常害怕，整夜无法安眠。"

"那，那你怎么不早跟我说呢？"六兵卫轻声责备外甥道。

"因为我觉得即使和叔叔说了也无济于事。那个女人的影子并不是死者的幽灵，而是由活人的怨恨汇集而成。那个女人，叔叔也认识。"

"那究竟是谁啊？"六兵卫震惊地问道。

"这家的女主人。是老板娘想要杀我。"

听了外甥的话，六兵卫大吃一惊。尽管他知道外甥没有说谎，但女主人有什么理由要纠缠外甥呢？据说生灵[1]缠身的原因是因恋生恨或由强烈的憎恶引起，但被纠缠的人则无法知晓被谁记恨的。按外甥的情形，不像是因恋生恨。老板娘已年过五十，让她不惜变成生灵也要纠缠二掌柜的原因究竟是什么呢？六兵卫实在毫无头绪，不禁陷入沉思。

身为二掌柜的外甥是个稳重周到的人，不论礼仪举止还是品性道德都没有半点瑕疵，对工作从不怠慢，总是热心勤奋。六兵卫实在是心存疑惑，便把所有事情都讲给东家听，请东家代为暗中调查。

店主喜平听了这件事也大为震惊。为他兢兢业业工作了四十多年的掌柜所说的话，他从未怀疑过，这次也一样。他马上叫来妻子，仔细斟酌语句之后，告诉她二掌柜如今卧病不起，并问她对这件事情是怎么看的。这时，妻子的脸色马上就变了，潸然落泪。过了一会儿，老板娘才支支吾吾地据实相告。

"实际上，年轻掌柜说的那生灵一事，的确是真的。虽然我不动声色，可是对二掌柜的厌恶是无法控制的。你也知道，二掌柜多么会做生意，不管交给他什么事都能办得周全，掌控裁夺的能力无与伦比，小伙计和女佣人都听他的话。

---

[1] 日本人认为，生灵是缠住别人作祟的活人的灵魂。

"再看看咱们家儿子，以后是要继承家业的，却是个老好人，总是轻易地上人家的当。我总是担心他会不会被那个能干精明的二掌柜给骗得团团转，最后所有家财都进了二掌柜的手里。

"过不了多久，那个二掌柜一定会轻而易举地霸占店铺，把我们的儿子赶出家门。我一想到这里，就忍不住痛恨那个二掌柜，并一发不可收拾。我不知有多少次祈祷上苍，让他命丧黄泉，甚至时常想要亲手结束他的生命。

"我知道，这样恨一个人是不对的，可我就是无法压抑住这种情绪。我不停不停地诅咒着他，他说害怕我的生灵，想必是件真事。"

主人说："想不到你竟然为这种事痛苦烦闷，真是太愚蠢了。二掌柜自从来了我们店铺，从未做过一件错事。你竟然让那样无辜的年轻人遭受这等生不如死的折磨……

"这样吧，就让掌柜的开家分号，带着二掌柜选个遥远的地方开店。这样，你可愿意对他友善些吗？"

"要是二掌柜离开这个家，让我看不见他的脸，听不到他的声音，我应该可以收起对他的憎恶。"妻子回答道。

"那你便努力这么做吧。否则，二掌柜会真的被你诅咒身亡的。一旦如此，就变成你害得一个没有任何过错的年轻人无辜惨死，就该轮到你遭罪了。那个二掌柜，无论做什么事都滴水不漏，是个经商的材料。"

主人喜平马上着手准备开分号的事情。掌柜六兵卫和外甥被派遣到分店经营。后来，二掌柜马上恢复了健康，再也没有被生灵纠缠。

死霊

死灵

　　在越前国（现在的福井县东部），有一位名叫野本弥治右卫门的代官[1]去世了。然而几个曾经在代官手下做事的小官员准备趁这个机会图谋不轨。他们谎称代官生前有一笔借款，不仅从代官家人手中取走了钱，更把代官家中值钱的古董、细软、财产一并带走了。

　　他们甚至还利用代官的私印做了虚假的字据，编造代官有不正当的欠款行为，且金额巨大。他们将伪证送达当地的宰相[2]桌前，宰相勃然大怒。最终，代官的妻子和孩子被驱逐流放出越前国。代官的家人在丈夫死后，还被迫承担丈夫生前所犯的一半罪责。

　　但是当官员携带着流放命令抵达代官家的时候，野本家的

1　日本江户时代管理幕府的直辖地、征收租税的地方官。
2　与总理大臣、首相相当的职位，在这里指藩主或是家臣中的长者。

138

其中一个女佣身上发生了奇妙的事情。她突然全身抽搐，身体着魔一般地战栗抖动。当疼挛终于停止，这位女佣站起身来，对着藩国使者和主人的家臣仆人叫喊道："各位，听我一言。我是从黄泉路上折回的野本弥治右卫门。我生前愚钝，想不到曾经提拔的人竟做出这等行径，实在悲愤不已，我从黄泉路上归来，就是为了一雪前耻。

"你们这群忘恩负义之徒，真是寡廉鲜耻！不知你们安的什么心，竟要毁我家族血脉，伤我家族名声。现在就在众目睽睽之下，将我家中的账单与官府的账单一一比对吧。去目付[1]那里把账单取来！我定要一一纠正账单上的错误！"

听闻女佣这样说，在场的人都非常震惊。因为无论是从声音还是动作，女佣都完全是野本弥治右卫门本人的样子。那些背叛代官的小官员们纷纷变得脸色惨白。而另一边，藩国使者听到女佣口中的请求，便派人去寻目付，并将所有账单集中起来。女佣马上展开了核对。她从头到尾浏览了一遍账单，开始重新计算，更改了虚造的数值，准确无误地完成了核查。她的笔迹也毫无疑问，的确是野本弥治右卫门的字迹。

通过这场核查，证明代官野本弥治右卫门并没有债务。非但如此，代官去世之前，还为当地财政带来了一些盈余。这样一来，小官员们所做的坏事便大白于天下了。

调查结束之后，女佣又一次以野本弥治右卫门的语气开口了："这样，我该做的事就都做完了，也就不能再在阳间停留下去了。我这便返回黄泉了。"

1　日本武士的官名。在幕府直属于若年寄，负责监视家臣的行动。

说完，女佣就那样倒了下去，睡着了。后来整整两天两夜里，她都宛如失去神志般陷入昏迷[1]。等女佣一觉醒来，声音和动作都恢复了原样，但她既不记得自己身上发生过什么，也不记得主人的亡灵曾附到自己身上的事情。

事情的来龙去脉被属官上报给宰相。于是宰相撤回了流放代官家人的命令，还赐给他们大笔的恩赏。对野本弥治右卫门来说，他死后的荣誉更甚。后来，野本家的很多代子孙都极受器重，家族非常繁荣。而另一边，做尽坏事的小官员们也得到了相应的处罚。

1　据说被亡灵附身过的人，当灵体离开的时候，会感到极度疲劳。

ろくろ首

轆轤首

ろくろ首

辘轳首

距今五百年前，九州菊池家的家臣当中，有一个叫作矶贝平太左卫门武连的武士。由于矶贝继承了英武勇敢、德高望重的先祖血脉，所以在武艺上有着与生俱来的天赋，更是有着拔山扛鼎的力量。他早在孩童时期便精通剑术、弓道、枪法，其技艺已经凌驾于师傅之上，还立志将来要做一名豪情壮志、阅历丰富的武士。

矶贝在后来的永享合战[1]中立下战功，被授予了很多荣誉。可随着菊池家的没落，矶贝失去了主君。其实，投靠其他领主本是一件易如反掌的事，但是矶贝立下赫赫战功并不是为了自己的名誉，更何况他一心忠诚于前主君菊池，干脆果敢地舍弃尘世。于是他剃度为僧，取了一个法号名曰回龙，成为一名云

1　指一四三八年的永享之乱，即永享十年镰仓、公方足利持氏反叛幕府事件。

游诸国的和尚。

　　尽管穿着僧人的袈裟，回龙心中依旧存留着果敢勇武的武士之魂。做武士时，他从不曾因任何困难而畏缩，如今做了僧人，也依然故我。不管是怎样的季节，不管是怎样的天气，他都为了宣扬殊胜的佛法而四处云游，其他僧人不愿去的地方，他却乐意前往。那是个战火纷飞的年代，独自一人在乡野小径上行走，即使是对僧侣来说也不是一件轻松的事。

　　那是回龙大师的第一次长途出行，偶然经过了甲斐国。一天晚上，回龙行走在远离人烟的冷清山道时，夜幕降临了。他决定露天过夜，便随意找了片草丛，和衣而卧，安然入睡。诸如此类困苦的环境，回龙总是欣然接受。草丛还算是好的，如果没有草丛，裸露的岩石也可以当床，松树根也可以做枕。他的身体像钢铁一样强劲坚韧，所以从不介怀雨露和冰霜的侵袭。

　　回龙刚躺下不久，正好有一位持斧的男子背着小山一般的柴火从旁边经过。看到回龙正横躺在地上，樵夫便顿足停下了。他沉默地看了一会儿，用十分震惊的语气说道："居然在这里躺下，您究竟是何方神圣啊……这附近经常有怪物出没，难道您不害怕妖怪吗？"

　　"我只是一介行脚僧，也就是人常说的云水僧[1]。我对怪物毫无畏惧。你口中的怪物，大概是指诓骗人类的狐狸妖怪一类吧。至于这些人迹罕至的地方，贫僧反倒十分喜爱，因为它刚好适合冥想。我已经习惯风餐露宿的生活了。而且我早就做好了舍弃生命的准备。"

1　像行云流水一样，为求道遍游各地。主要指禅宗的修行僧。

"胆敢在这样的地方过夜，您真是一个沉着冷静的人啊。可是，这一带怪事频发，各种传言不绝于耳。谚语里也常说'君子不近危墙'，您在这里休息十分危险，还请您三思啊。

"我家虽然破旧寒酸，但希望您和我一同回去。也许没有什么能款待您的丰盛佳肴，但是至少有一片屋顶，多少可以避些雨水，让您安心休憩。"

因为樵夫盛情规劝，回龙不好驳了这亲切的邀请，便决定接受这个友善的提议。樵夫带着回龙走上一条羊肠小道，又登上了一段偏离主道的森林中的崎岖山路。这条路坑坑洼洼，陡峭难行，像是通往悬崖峭壁的深渊似的，脚下湿滑的树根像蜘蛛巢一般盘桓交错，很难有立足的余地。蜿蜒曲折的小路夹在岩石块中间，几乎是挤着才能走过去。

终于，他们抵达山顶一处略显开阔的地方。只见头顶的明月洒着清辉，如水的月色映照着小路前方一间稻草屋顶的小房子，透出一抹温暖的灯光。樵夫带着回龙来到房子后面的仓库旁，那里有使用竹笕从附近的小河引来的清水，两人在那里洗了洗脚。仓库后背后有一片菜田，更远处便是绵延的杉林和竹丛。小屋正面有一道小瀑布，仿佛是从天边倾泻而下，在月光的沐浴下好似一件白色长衣摇晃不已。

回龙和樵夫一道进了小屋，有男女四人正在主屋里，把手伸向火炉取暖。四人都对着回龙的方向深深行了一礼，郑重地问好。在这般冷清的地方过着贫瘠生活的人们，为何有这样周全的礼仪呢？回龙觉得十分不可思议——他们应该是些好人，一定有精通礼节规矩的人教过他们礼仪——给他带路的樵夫似乎被其他四人尊为主人。回龙面朝主人，这样说道："先前承蒙您亲切的提议，再看您一家彬彬有礼的问候，想必您过去并不是樵夫，而是身份高贵之人吧。"

樵夫微笑地答道："这位师父，正如您所说的那样。别看我们现在过着这样的生活，但以前却是有头有脸的人物。即使和您讲述身世境况，也不过是个一朝落魄的故事。这也是因为我曾经犯下的过错导致的。

"我过去曾经侍奉一位领主，也曾被授予尊崇的地位。但后来，我沉浸于酒色之中，因为性子激进，做过待人残暴的事情。因为我的任性妄为，我们一族人丁零落，很多人死于非命。也许是报应吧，我避开世人耳目，已经在这个地方居住很长时间了。

"如今，我希望能够偿还一些先前犯下的错误，每天都在祈祷自己能使先祖代代传承下来的家族走向复兴。有时我也会想，实现心愿是没什么希望了，但为了抵消恶报，我还是会尽力帮助那些遇到困难的人。"

回龙听到这位主人了不起的决心，非常欣慰，这样说道："浪子回头金不换。就算是因为年轻气盛而做出愚蠢行为的人，只要之后洗心革面，也可以过上正经的生活。贫僧也见过很多那样的人。恶行累累的人一旦悔改，也会变为积攒善行的人。曾经珍贵的经文中就是这么说的。

"毫无疑问，你是一个心地善良的人，我便为你祈祷时来运转吧。今夜我会为你诵经，祈祷你能够早日抵消过去的罪行，摆脱恶业带来的报应。"

回龙和他们这么约定之后，跟主人道声告辞，便要退下休息。主人将回龙带到另一个房间，那里已经铺好了床。

当樵夫和家人都安静地睡下之后，回龙便借着灯笼的光亮念起经书来。就这样一直坚持念经和祈愿到了深夜。而后，回龙想在休息之前再眺望一次窗外的景色，便打开了屋里的窗户。

这真是一个美丽的夜晚。天空晴朗无云，月明星稀，静谧无风，在月光的照耀下，草丛落下一片疏朗有致的黑影。院子里的露珠也在月色下闪闪发光，蟋蟀和金铃子[1]奏起了热闹的舞曲，附近瀑布倾泻的声音，在寂静的夜中显得越发深远。

听着水流的清越之音，回龙有些口渴，便想起小屋后面的竹笕了。他想，去那里既可以解渴，又不用打搅那家人的休息，便轻轻地拉开隔扇，走进主房间里。在灯笼的照射下，只见五具身体横陈于地，居然都没有头颅。

回龙马上便想到是杀手做的勾当，一瞬间有些愕然。但在下一个瞬间，他发现整间屋子都找不到血痕，也不像是有人割下他们头颅的样子，这时他突然想到一件事情。

"照眼下的情况来看，我不是被怪物诓骗了，就是被引诱到辘轳首的住处了。《搜神记》[2]中曾经写道，如果找到辘轳首的无头躯体，要尽快将他的躯体移到其他地方。这样的话，他的头颅和身体就不能再次相连。当头颅回来，发现躯体被动了地方，便会以头撞地三次，一边像皮球一样弹跳，一边恐惧地喘息，直至最终殒命。

---

1 也称金钟儿，蟋蟀科昆虫，秋天鸣叫。体长约两厘米，头部及躯干较小，后体部较宽。雄性发出"玲玲"的叫声。在日本，分布于关东以西的本州、四国、九州等地。
2 中国东晋时代的志怪书籍。涉及妖怪、人神或人鬼间的恋爱及生育、动物的报恩和复仇等等。内容丰富多彩，是中国传说故事的宝库，为后世的小说提供了很多素材。

"那么，如果那些家伙都是辘轳首的话，一定包藏祸心。不管是成是败，我要按照《搜神记》上面说的去做。"

回龙抓住那主人的脚，将他的躯体拖到窗户那里，推到屋外去了。从后门出去时，回龙发现门闩还是插着的，他认为，这些辘轳首的头颅一定是从某个敞开着的烟囱出去的。他轻轻地打开门闩，走出院子，小心谨慎地走向对面的小树林。树林中隐隐传出声音。

回龙一点点靠近传出声音的方向，他一边摸索，一边依次躲藏在一个又一个隐蔽处，才终于找到了一个合适的地方。他藏在树干后向外窥探，只见空中有五个摇摇晃晃的头颅在说着什么。这些头颅在地面和树木中间飞舞，一旦找到虫子便将其吃掉。终于，主人的头颅停止捕食，开口说道："今天晚上来的那个和尚，可真是膘肥体壮啊。要是把那家伙给吃了，我们便足以饱腹了……说来，我干吗要跟他说我的身世呢？真是糊涂！这样可好，和尚给我念上经了。总而言之，他念经的时候我们很难接近他，连碰一下都不行。

"但是我看这天马上就要亮了，那和尚应该也睡了吧……你们谁去看看那和尚的情况？"

一个年轻女子的头颅应声飘忽地飞了起来，如蝙蝠一般轻盈地向屋子的方向飞去了。过了一会儿，女头颅惊慌不已地飞回来，声音嘶哑地禀告道："和尚并不在屋里，应该是去了别的地方。不仅如此，主人的躯体也消失了。想必是被那家伙藏到不知哪里去了。"

听了这话，主人头颅脸色大变，那表情在月光下清晰可辨。只见他的眼睛猛然睁大，头发因愤怒而根根竖起，还吱吱地咬牙切齿起来。他口中发出怒吼，眼睛流出愤怒的泪水，怒吼道："躯体被人动了，那我就无法合体，只有死路一条……这全是拜那个和尚所赐！等着吧，我要将他大卸八块！我要将他活生生地咬死！看啊！就在那边，藏在树荫下的那个。快看，就是那个身上很脏的胖和尚！"

说时迟那时快，主人的头颅直接飞向回龙，其他头颅也紧随其后，袭击过来。然而强壮有力的回龙已经手持一根嫩枝，做好了回击的准备。回龙力大无穷，依次捶击着那些飞来飞去的头颅，不让他们近身，四个头颅禁受不住便都仓皇逃走了。

但是主人的头颅不管被如何痛打，却依旧执拗地袭击上来，最后还一口咬住了回龙僧袍左侧的袖兜。回龙也毫不畏缩，出手如电，抓住主人头颅上的发髻，接二连三地敲击着。即便如此，主人的头颅还是紧咬着袖兜不放。直到最后，主人头颅发出一声苦闷的哼叫，再也无力挣扎。这头颅力竭身亡，可它依旧紧紧咬着回龙的袖兜。妖怪垂死前竭尽全力的啃咬，即便是回龙这样的大力士也无法撬开他的下巴。

回龙任由那头颅挂在袖兜上，走回小屋一看，四只辘轳首满身是伤，正坐在地上准备将血肉模糊的头颅和躯体合在一起。他们见到回龙从后门进来，不由尖叫道："是和尚，是那和尚来了！"说着，便从前门逃之夭夭，彻底消失在森林之中了。

此时东方既白，黎明将至。回龙知道，怪物只有在夜间才能施展妖力，再低头看那咬住袖兜的头颅，脸部已经肮脏无比，沾满了斗争时的血渍、口沫和泥水。回龙纵声长笑，自言自语道："这颗辘轳首，作为土特产带走倒是不错！"

然后他便整理好自己为数不多的行李，悠悠然下山了。

就这样，回龙再一次踏上旅途，途经信浓国（现在的长野县）的诹访时，他的袖兜上依然挂着那颗人头，还悠然地阔步于主干道上。来来往往的女子都大惊失色，孩子们也被吓得惊叫四散。人们闻声聚集过来，回龙的衣袖引来一片哗然。终于，有捕快赶来把回龙抓住，押入牢狱之中。人们都认为是回龙将这颗头颅的主人斩杀，才会让被斩杀之人一瞬间咬住了他的袖兜。反观回龙，在被审问的时候也只是笑笑，并没有做任何回答。

在牢狱里度过一夜之后，回龙被押到奉行所的司法处。司法处的人要求回龙据实以答："既然身为一个僧侣，为何要在袖兜上悬挂头颅，还恬不知耻地在万人面前夸耀自己的罪行呢？"

听了这些，回龙哈哈大笑，开口道："大人明鉴，不是我要悬挂这颗头颅，而是这颗头颅自己扑上来的。我并没有那种嗜好，也没有犯过任何罪行。因为这根本不是人的头颅，而是妖怪的头。即使我将这只妖怪杀死也不能治我的罪，因为我完全是出于对自身安全的考虑才给予反击。"说罢，回龙便讲起事情的始末。当他讲到与五个头颅混战那一段的时候，又豪迈地笑了出来。

可是，奉行所的官员们可笑不出声。他们一口咬定回龙是冷漠无情的犯人，所讲的故事也是为了蒙骗幕府而专门编造的。因此他们决定要停止一切审讯，即刻将他处以死罪。

然而其中的一位老官员提出了反对意见。那位老官员虽然在审讯的过程中一言不发，但听到同事们提出处决后，立刻站起身来，说道："还是充分地验证首级再下决断如何。那颗头颅不是还没有检查吗？如果这位僧人所言不虚，那么这颗头颅也会为他作证。取首级来！"

回龙的衣服被脱了下来，那颗头颅依然紧咬着袖兜不放。头颅被呈到官员们面前，老官员将它来回转动，仔细端详，认真检查。终于，在脖颈处发现了一块奇妙的红色印记。老官员便将它指给其他官员看，又让他们确认，无论任何地方，都没有用刀斩落的痕迹。头颅的脖颈处非但没有什么切口，反而像树叶脱离树枝那样平滑自然。

　　因此老官员说道："现在我可以确信，这位僧侣句句都是真话。这颗头颅，便是辘轳首了。《南方异物志》中曾有记载，辘轳首的颈部有红印可见。这颗头颅便带有这种印记，大家可以验证，这个印记并不是用颜料上的色。并且，传说在甲斐国的深山之中，自古便有那样的妖怪居住……"

　　说到这里，老官员面对回龙说道："话说回来，您似乎是一位勇猛的僧侣，这真是少见。普通的僧侣不会有您身上这种刚毅的性格。我想，您的风采与武士不相上下，您过去是否曾是武士呢？"

　　回龙回答道："诚如您之所说，贫僧的确曾是一名携刀的武士。那时的我既不怕人，也不惧鬼，曾在九州的菊池家侍奉，名叫矶贝平太左卫门武连。可有哪位听过我的名字吗？"

　　回龙说出那个名字之后，奉行所内一片哗然。这是因为有太多的人听说过矶贝平太左卫门武连这位著名将领的名字了。回龙意识到，自己本来是被押解到奉行所的刑犯，但在转瞬之间情势变化了，人们都将自己当作同一阵营的伙伴一样交谈。官员们向他表达了敬重之意，态度友善，还恭敬地把他带到领主的府邸上。领主十分欢迎回龙，不仅盛情招待，还赠予他很多礼物，允许他离开领地。

离开诹访的时候，回龙不禁感叹，在这个变幻无常的世间，僧侣能够得到的幸福实在有限。而他则足够幸运地得到了无限敬重和幸运。关于那颗头颅，回龙曾戏谑地说，打算当作土特产，所以决定一并带走了。

　　那么，还是再说一说那颗头颅的后续吧。

　　离开诹访两三天后，回龙遇到了拦路抢劫的强盗。这山贼在一个偏僻的地方拦住回龙，威胁他脱下身上的衣物。回龙将袈裟脱下，递给了山贼。就在这个时候，山贼才注意到这件衣服的袖兜上垂着一件东西。尽管这山贼颇有胆气，看到这件衣服还是吓得不轻，僧袍脱手而落，还后退了好几步大叫道：

　　"你到底是不是和尚啊？简直比我还要坏上几倍。我确实也杀过人，可是在袖兜上挂着头颅大摇大摆，这真是闻所未闻……

　　"和尚，你我也算是一丘之貉了。我只能说，这件事你做得真是漂亮……对了，你这头颅对我很有用。我要拿它到处吓唬人。能把这个卖给我吗？我的衣服给你也成。要是你肯卖给我，我再给你五两银子。"

　　回龙答道："你要是这么说的话，这衣服连同头颅都可以给你。可是，我话说在前面，这可不是人头，而是妖怪的头颅。你把它买下后，万一发生什么怪事，可不要怨我。"

　　"你这和尚，真奇怪！"山贼叫道，"你杀了人，还要开这种玩笑吗？不过，我可是非常认真地跟你说的。接着，这是我的衣服，还有这钱也给你。来，快把头颅拿给我吧。事到如今，你还要和我开什么玩笑吗？"

　　回龙说道："那你便收下吧。我可没有开玩笑的意思，要是论开玩笑，反而是你才好笑。居然有人用钱买怪物的头颅啊。"回龙放声大笑，继续他的旅程。

山贼拿到了头颅和衣服，在街上假扮怪物和尚，想要干些打劫的勾当。但是当他来到诹访附近时，才知道辘轳首的故事千真万确，便开始担心会不会有妖物作祟。

山贼想将头颅放回原来的地方，和它的躯体一起埋葬。他来到甲斐国深山里的小屋，却发现空无一人，也不见头颅的躯体。没有办法，他只好把那只头颅埋到小屋后的树林中，还立下墓碑。为了给辘轳首镇魂，还为它做了超度的法事。

后来，那座坟墓作为辘轳首之墓名声远扬。根据创作故事的日本作者所说，那座坟墓至今还在。

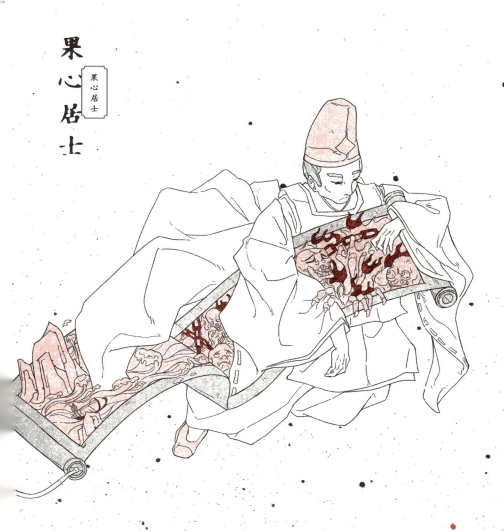

果心居士

果心居士

果心居士の話

果心居士的故事

　　这是天正年间（一五七三年至一五九二年）的事，洛北住着一位名叫果心居士的老人。果心居士的下巴上蓄着很长很长的白胡子，身上的装束和神主¹一样，平时却总是喜欢让人看佛画，给人讲佛法。

　　天气晴朗的时候，果心居士总是会去祇园神社（现在的八阪神社），将画有各种地狱责罚之苦的巨幅挂轴挂在神社里的树上。这幅挂轴栩栩如生，所绘的地狱之景凄厉惨绝，一切宛如真的在面前发生了一般。面对蜂拥而至想要观赏佛画的人们，老人总是手持如意²，给大家讲解各类责罚之苦，论述因果报应的道理，劝导人们要听从佛教的教义，去恶向善。

　　人们总是聚集在地狱图周围，倾听居士的教诲。果心居士

1　神社的神职人员之长，操持神社祭神仪式的人。
2　佛教用语，僧人的随身携带器物之一，呈手形，带柄，弯曲。

面前放有一块专门接受布施用的草席，人们投掷的零钱常常会堆成小山，草席被钱币掩盖的情况时有发生。

那时，在京都和畿内[1]做守护代[2]的官员是织田信长[3]。信长的家臣中有一个叫作荒川的武士，在参拜祇园神社的时候，偶然看到了这幅地狱图。回到信长的邸宅后，他向主君信长报告所见所闻。信长对荒川所说的事很感兴趣，便命令果心居士立即带着画来他的宅邸。

当巨幅挂轴徐徐展开，看到那逼真的场景，信长掩饰不住吃惊之色。地狱中的鬼怪、饱受责罚的鬼魂，仿佛就在眼前晃动。透过画面，似乎能听到他们痛苦挣扎的哭号。画上的鲜血好像真的要滴落下来似的，信长不由伸手去摸，想看看画作是否真的浸染鲜血。当然，那幅画上并没有被鲜血沾染，信长的手指什么都没沾到。

信长越看越惊讶不已，询问这是谁的画作。果心居士便回答，这是小栗宗丹[4]曾经用百日斋戒、祈祷清水寺观世音，才完成的画作。

荒川察觉到信长想要得到这幅挂轴，便问果心居士愿不愿意将它献给信长公。然而老人没有丝毫犹豫，这样说道："这幅

1　日本古代京都周围的大和、山城、河内、摄津四国。后从河内分出和泉，成为五国。据大宝令，此五国获调免半数，庸全免的特别恩典。
2　在镰仓、室町两时代，各国守护常居于武家政权核心的幕府所在地，任国事务乃委由代官执行，故有守护代一职。
3　织田信长（一五三四年至一五八二年），出生于尾张国（今爱知县西部）胜幡城（一说那古野城），日本战国时代到安土桃山时代的大名，"日本战国三杰"之一。一生致力于结束乱世、重塑封建秩序。织田信长于永禄十一年（一五六八年）至天正十年（一五八二年）间推翻了名义上管治日本逾两百年的室町幕府，并使从应仁之乱起持续百年以上的战国乱世步向终结。但在即将一统全国前夕，因被心腹家臣明智光秀谋反而自杀于京都本能寺之变。但人们始终无法找到他的尸体，这使其更加富有传奇色彩。
4　小栗宗丹（一四一三年至一四八一年），室町中期的画家。

画是我手中唯一的宝物。我把它展示给人看，才能拿到一点钱。如果将它献给信长公，那我便失去了立身之本。但是倘若您无论如何都想得到这幅画的话，可以付我百两黄金。只要有这些，一切都好说。假如信长公不能应允我的提议，那么请您宽恕我不能让出这幅画。"

听到这个答复，信长有些不满，稍稍沉默了一会儿。于是荒川在信长耳边小声说了些什么，信长点了点头。他们让果心居士领些赏钱，便令他退下了。

果心居士刚走出府邸，荒川便悄悄地跟在他身后。荒川打算用卑劣的手段夺取挂轴。正好，机会来了。果心居士选择了一条远离京都、通往深山的道路。到了一处人迹罕至、道路曲折蜿蜒的山脚，荒川一把逮住了果心居士。

"你真是个贪婪的家伙。区区一幅画，你竟狮子大开口，妄想要一百两黄金。我看你就别想着要一百两了，这便吃我一剑吧！"话音刚落，荒川便拔刀斩杀居士，夺画而去。

转天，荒川把那幅挂轴献给信长，那是果心居士昨天从府邸退下时卷好的包裹，还没有被人动过。信长立刻命人将挂轴悬挂起来。但是当卷轴徐徐展开的时候，信长和荒川两人不由目瞪口呆。只见图画全然消失，卷轴变成了一张白纸。荒川解释不出为何画会平白无故地消失。但无论是否有意为之，他都逃脱不掉欺骗主君的罪名。一段时间里，荒川被责令禁闭反思。

荒川的禁闭刚刚结束，便听闻一个传言，说那果心居士在北野天满宫境内，将那幅画给众人展示。听说这个消息，荒川甚至怀疑起自己的耳朵来。但他转而又想，如果设法将挂轴拿到手的话，便可以一雪前耻了。于是他马上聚集家仆，赶往北野天满宫去了。然而到了那儿却发现果心居士已经离开了。

几天之后，又有人报告，说居士在清水寺展示挂轴，给民众讲述佛的教诲。荒川急不可待地赶往清水寺，可到清水寺时，群众已经三五成群地离开了。这一次，依然是在他赶到之前，果心居士便消失了踪影。

在此期间，有一天，荒川无意间在卖酒的店铺前找到了果心居士，并当场将他抓获。尽管老人被抓，却还是愉快地笑了起来。"那我便和你走一趟。但是，可以等我把这点酒喝完吗？"老人这样请求道。

荒川答应了。于是果心居士不顾周围顾客惊讶的神情，拿起一樽很大的酒杯，喝光了十二杯酒。最后一口酒喝完，才说已经喝够了。接着，荒川便命令家仆用绳子将果心居士捆好，押到信长的府邸。

在府邸的审讯室中，一位官员严厉地盘问着果心居士。有位官员这样说道："你使用妖术蛊惑人心，这已昭然若揭，应当重重处罚。但是如果你愿意将挂轴献给信长公，这次便可饶你一命。不然严惩不贷，你意下如何？"

面对这样的威逼利诱，果心居士露出困惑的表情，微笑地回答说："诓骗人的，可并不是老夫啊。"

果心居士面朝荒川，提高声音喊道："瞒天过海的人，难道不是你吗？百般奉承信长公，为了献上挂轴，不惜杀人夺画之徒，正是你。倘若这不是罪责，那还有什么是罪呢？万幸的是，我捡回了一条命。如果我真的如你所愿死去的话，你又要找什么借口来搪塞呢？

"不管怎么说，是你将画偷走了。而现在我手中拿着的，不过是那幅画的摹本。你将画偷走之后，又不愿意献给信长公了，企图将它占为己有。于是就将那白纸挂轴呈了上去。你不想暴露自己做的坏事，便借口说我欺骗了你，将真品换掉了。

"我不知道真的画藏在哪里，但你必定知道！"

听了这些话，荒川气得晕头转向，他扑向果心居士，想要将其斩杀，但遭到警卫的阻拦。荒川表现出的震怒，在审讯官员看来是非常可疑的。官员命令将荒川押入果心居士的牢房，开始再次审讯荒川。

荒川生性沉默寡言，这时又因为怒火攻心，几乎说不出话来。荒川答话时结结巴巴，又无法自圆其说，在其他人看来，这便是把自己做过的坏事暴露无遗的表现。审讯官员命人用棍棒杖责荒川，直到坦白为止。想说真相却有口难辩，还被竹棍一顿猛打，荒川终于失去意识，昏死在地上。

果心居士在牢狱中听闻荒川的境况，朗声大笑起来，过了一会儿对狱卒说道："善哉善哉，荒川的所作所为当真是恬不知耻。我这么做，是想要纠正这家伙的恶毒心性，以示惩戒。狱卒大人，请您告知负责审讯的那位官员。荒川对真相并不知情。这件事，还是让我详细申述吧。"

过了一会儿，果心居士再一次被带到审讯官员的面前，他讲道："世上的所有名画，都蕴含着魂魄。而那样的画也都有着自己的意志，极不愿意离开赋予它生命的画师，以及被它承认的主人。可以证明名画有魂的故事，那真是不胜枚举。世人皆知的故事，是古法眼元信[1]在拉门上画了一只麻雀，后来这只麻

---

[1] 即狩野法眼元信（一四七六年至一五五九年），室町后期的大画家。

雀从拉门上飞走了，拉门上什么都没有留下。还有挂轴上画的骏马，到了夜晚便会跳出挂轴，外出觅食寻草，这也是为众人所熟知的。

"之前的那幅地狱图也是如此。我想，信长不算是那幅画的正当主人，所以在展开挂轴的时候，画便自己消失了踪影。但是，就像我之前所说的，只要给我一百两黄金，画像便会自然而然地显现出来。真伪不论，不妨试上一试。您大可放心，如果这画像没有回来的话，这钱我会立即退还给您。"

听到这一番不可思议的讲述，信长便命人将百两黄金付给居士。为了清楚地确认这件事的后续发展，信长亲自到审讯处查看。挂轴在信长面前展开了。令在场所有人震惊的是，那张画像竟丝毫不差地复原了。但不知是心理作用还是其他原因，画上的色彩好像有些褪色，上面画的鬼魂和恶魔好像也不如之前看到的那般栩栩如生了。信长发现了不同之处，命果心居士说明原因。

于是，老人这样回答道："您原先看到的画像，是一幅无法用价值评估的名画。而您现在看到的这幅，价值等同于您支付给我的一百两黄金。除此之外，就没有其他原因了。"

听到这个回答，在座所有的人都明白了，再为难老人也无济于事，反而还会挑起更糟糕的事端。果心居士即刻被判无罪，恢复了自由之身。而荒川也遭受了足够的刑罚，将罪责还清便被赦免了。

荒川还有一个弟弟，名叫武一，也是侍奉信长公的武士。他看到兄长遭了不少罪，还被人押送入狱，十分气愤，决定向果心居士展开报复。

居士一被释放，便去了卖酒的店铺，沽了酒喝。武一紧随其后走近酒铺，一刀砍杀居士，不仅割下他的头颅，还夺走了信长公付给老人的一百两黄金。他将头颅和钱一起装进布兜，急匆匆地跑回家，要拿给兄长荒川看。然而当武一解开布兜，里面却不见头颅，只有一个空瓢。不见百两黄金，只有一堆土块。更奇怪的是不久之后他们得知，在酒铺的老人尸体也不翼而飞。这令荒川兄弟惊惧之情愈加重了。

那之后，有一个多月的时间，没有听到果心居士的消息。但是一天深夜，有个烂醉如泥的男子在信长公的府邸门前睡起觉来，呼噜震天动地，仿佛惊雷一般。家臣们仔细一看，那个醉汉便是果心居士。这行为无礼至极，因此果心居士当场就被抓获，押入牢房之中。即使如此，老人还是昏睡不醒。由于牢房之内无人打扰，老人便睡了十天十夜。其间，四面八方都可以听到他那雷鸣般的呼噜声。

这时正值信长的家臣之一，明智光秀[1]揭竿谋反，导致织田信长身亡。而光秀所掌控的政权，也不过只有十二日之短。

光秀统治京都之后，听说了果心居士的传闻，命人将居士接出牢狱。这样，老人便被新主君召见了。光秀用体贴关心的语气和老人寒暄，将他视为座上之宾，好菜好饭地招待他。老人吃完饭，光秀问道："这位居士，听说您很能喝酒。一次能喝多少呢？"

1　明智光秀（一五二八年至一五八二年），全名明智十兵卫光秀，是日本战国名将，织田信长帐下重要将领。原为斋藤家臣，后为信长家臣，发动本能寺之变，致信长自杀身亡。其短命的政权被人称为"三日天下"。

果心居士这样说道："我并不知道自己酒量有多大，只是每次将要喝醉的时候就不再喝了。"

于是光秀便在果心居士面前放了一个很大的酒桶，并告诉家仆，居士想喝多少便斟多少。在居士一连喝光十杯酒之后，要求再来一杯时，家仆告诉他，酒桶已经空了。

在场的所有人都为居士的海量而震惊不已。光秀问道："居士，您还没喝够吗？"

"不，不，"居士回答道，"不必了。我喝得很痛快。作为你盛情款待的回礼，老头我便给你施展一个幻术吧。请你看远方的屏风。"

居士指的是一架巨大的八扇屏风，屏风上画有近江八景。所有人都一同望向那扇屏风。八景之中有一幅图，画的是湖面之上远远地有一个驾着小舟的人。那叶小舟在屏风上不过只占了一寸（大约三厘米）大小。

果心居士对着那幅画里的小舟招了招手，只见那小舟突然转变了方向，正往这幅画的前景的方向航行过来。再看，这只小舟离众人越来越近，眼看着越变越大，就连船夫的长相都能清楚地看到。这只舟还在向众人靠近，逐渐变大，终于冲到了人们眼前。

这时，湖水好似从画面中溢了出来。等察觉到的时候，整个屋子都是泛滥的潮水。人们慌忙撩起衣服的下摆，却发现水已经淹到膝盖以上了。

就在这时，小舟似乎从屏风当中滑了出来，那是一艘真正的渔舟，能够听到舟橹摩擦的声音。而房间里的水位越来越高，众人的腰部以下尽数淹没在水中，只能凝神注视着屏风。小舟靠近果心居士身边的时候，居士飞身登上了船。于是船夫转动小舟，改变它的方向，小舟便快速地划远了。

终于，小舟越来越远，房间中的水量也骤然变少，潮水好像又退回到屏风中了。小舟经过画的前景时，房间不知不觉间又回到之前干爽的样子。屏风画上的那艘小舟载着果心居士像是从湖面滑过一般渐行渐远，也变得越来越小，在遥远的湖心上变成一个小小的黑点，最终消失不见了。

果心居士随着小舟消失了踪影。

从那以后，日本再也没有人见到过果心居士了。

耳無し芳一

无耳芳一

耳無し芳一

无耳芳一

　　那是距今七百多年以前的往事了，平家和源氏经过长期争战，终于在下关海峡的坛之浦展开了最后决战。

　　经坛之浦一战，平家一族全军覆灭。无论男女老少，甚至包括年幼的安德天皇俱在此一役中丧生。

　　此后的七百多年间，坛之浦一带的海滨都有平家的亡灵作祟。以前，我在其他场合讲过有关"平家蟹"的故事。平家蟹的长相太不可思议了，它的背部呈现出人脸的形状，据说那是平家武士们的亡灵栖息在那里的缘故。而且即便是现在，也能听到各种各样诡异的故事。

　　每当夜幕降临，你会看到有几千只亡灵形成的青白火球。有的火球在漆黑的海面飘荡，有的在波浪上轻盈地盘旋飞舞。渔夫们把这种发出蓝光的火球称为"鬼火"。海风呼啸而过，恍若大海那边传来武士在战场上发出的厮杀声，真是恐怖极了。

和过去相比，平家的亡灵们现在可老实多了。以前的深夜，它们会出现在航船周围，想方设法把船弄沉，或者猛地捉住游泳的人，把他们拖进水底溺毙。

　　因此地方民众在赤间关建造阿弥陀寺，就是为了抚慰平家的这些亡灵们。在寺庙附近，人们又沿海修建了墓地。那里墓碑林立，镌刻的是投水的安德小天皇和那些股肱大臣们的名字。此外，这里每年都会在固定的日子举办法事，为往生者祈福。自寺庙和墓碑建成以后，平家的亡灵再也不像以往那样兴风作浪了。然而这里还是会时不时发生一些奇怪的事情。——看来，亡灵当中，总有一些人是死不瞑目吧。

　　距今约几百年前，赤间关住着一个叫作芳一的人，他双目失明，尤擅弹奏琵琶、说唱故事，因此闻名于世。他自小开始苦练琵琶，尚未及冠，演奏技艺就已经超越了师傅，在当地声名远扬。如今，芳一正式成为琵琶法师后，最拿手的作品就是说唱以源平争战为主题的故事《平家物语》。据说，每当芳一与琵琶声相和，讲到坛之浦那段战役时，听众无不感怀而泪下，为平家众将动容伤情，就连天地鬼神也为其中悲情所动。

　　芳一刚开始独立生活时极为困苦，但万幸的是阿弥陀寺的住持给他提供了很多帮助。阿弥陀寺的住持喜好诗词雅乐，时常邀请芳一到寺庙里来弹奏吟唱。芳一高超的演奏技巧深深打动了住持。不久他对芳一说，住到寺庙里来吧。于是芳一心怀感激地接受了住持的建议，搬到寺庙分给他的一间屋子中，自此免受颠沛流离之苦。为了表示感谢，芳一闲暇时就为住持演奏琵琶助兴。

夏日的一天晚上，一位过世的施主家邀请住持去做法事，住持就带着小沙弥前往，只留下芳一一人在寺庙中。

这是个闷热的夜晚。盲人芳一独守空寺，想在户外纳凉，就来到卧室前的套廊，那里正对着寺庙后的一个小院子。

芳一就在套廊那里等候住持归来，为了解闷，他弹起了琵琶。转眼午夜已过，住持依旧未归。可是，此时依然酷暑难当，令人无法在室内安然入眠，芳一索性继续留在外面弹唱。

这时，后门终于传来一阵脚步声，那声音穿过后院，来到套廊，突然停在芳一面前。可是，这脚步声极为陌生，来者明显不是住持。

尚在疑惑之中，芳一听到有人在呼唤他的名字。那声音浑厚低沉、底气十足，而且语气颇为傲慢，就像武士在吩咐下属一般。

"芳一！"

芳一大吃一惊，他沉默良久，不知该如何回答是好。于是那声音再次响起，宛如在发号施令。

"芳一！"

"在！"盲人芳一吓得慌慌张张回答道。

"我目不可视，是哪位在呼唤我？我不得而知。"

"你不必害怕。"

陌生男子的语气较刚才有所缓和。

他继续说道："我就住在这座寺庙附近，前来给你捎个口信。我家主公身份极其高贵，他带着许多家臣来到赤间关附近出游。

"我家主公想看看坛之浦战役的遗迹，今天就去了那里。听说你尤其擅长说唱关于坛之浦战役的那段故事，我家主公说一定要听听。请立刻带上琵琶，跟我走一趟吧！宾客们已经在府邸等候多时了。快点，现在就动身吧！"

当时那个年代，武士的命令可不能轻易违抗。于是芳一穿上草鞋，手持琵琶，跟随这个素昧平生的武士走出寺庙。在武士的搀扶下，芳一也不得不匆匆前往。武士挽着芳一的手又冷又硬，就像钢铁铸就一般。他大步流星地走着，身上发出咣唧咣唧的金属撞击声。——他顶盔贯甲，全副武装，很可能是主公的贴身护卫吧。芳一暗暗琢磨道。

不久，芳一不像刚才那样感到害怕了，也许这未尝不是一件好事。因为芳一想起，方才武士在话语里特意强调他的主公"身份极其高贵"。芳一心想，喜欢听自己演奏琵琶的那位主公，至少也是一位位高权重的大名[1]吧。

不久，武士忽然停下脚步。芳一感觉他们来到了一扇大门前。但是芳一觉得十分奇怪，因为这一带除了阿弥陀寺的山门以外，不应该再有其他大门。

"开门！"

武士喊道。只听门闩响动，门开了，他们两人走了进去。穿过宽敞的庭院，他们又停在另一处门口前。这名武士站在那里高声喊道：

"还不快点来人，我把芳一请来了！"

1　日本封建制度下的武装领主，拥有自己的领地和随从，相当于中国古代的诸侯。

于是匆忙的脚步声、拉开隔扇的声音、打开防雨窗的声音，还有女性的说话声，各种各样的声音一起传来。听到女性交头接耳的说话声，芳一判断她们应当是这个公卿府邸里的女侍。

但是芳一完全想象不出，他究竟是被带到了一个什么样的地方？不等芳一回过神来，他就被人牵引着登上了台阶。走了几级台阶之后，芳一停了下来。有人说，把草鞋脱了吧。芳一脱下草鞋，这次换了一名女侍牵着他的手，沿着漫无尽头的光洁长廊走向府邸深处。也不知拐过多少个柱角，穿过多少扇隔扇门后，他们终于来到了一个铺着无数张榻榻米的大厅。

大厅里肯定聚集了许多人，因为芳一听到了衣物发出的摩擦声，这声音就像森林中随风摇动的树叶一样沙沙作响。此外，他还听到有许多人在低语细声地交谈，他们的措辞只有在宫里才能听到。

有人特意给芳一准备了一个坐垫，告诉他不用那么紧张。芳一小心翼翼地坐上坐垫，调好了琴。这时，他听到对面传来一个长者的声音，芳一感觉她应该是女官中的尚侍。

"那么，有请您开始演奏，唱一段平家的故事吧。"

平家的故事很长，若想全部唱完，至少需要好几个晚上。于是芳一斗胆问道：

"平家故事众多，短时间内很难唱完，请问尊上最想听哪一段呢？"

女声回答说：

"那就唱一段坛之浦会战吧，这是平家故事中最哀怨凄惨的一节。"

于是芳一便从容不迫地开口唱起来。在那波涛汹涌的大海上，平家和源氏的厮杀进入了白热化。只听那摇橹声中，船只在海面上乘风破浪前进。箭矢划过天空，勇士们大声吼叫着，杂乱的脚步声中，大刀砍在甲胄上，被斩杀者"扑通"一声掉入了大海。大战中的各种声音，都从芳一拨动的琴弦下流转开来。

说唱间隙，芳一听到了周围人夸赞他的声音，不绝于耳。

"这位琵琶法师真是太了不起了！"

"在我的领地，可从未听过如此动人的琴声啊！"

"全日本也没有这样的说唱高手，芳一真是独一无二！"

听到这些评价，芳一深受鼓舞，弹唱也渐入佳境。众人感动至极，都屏住了呼吸，聚精会神地听芳一演奏。终于，芳一唱到了故事中最为凄凉壮烈的一幕——平家的子嗣都被源氏赶尽杀绝，平清盛的夫人二位尼怀抱年幼的安德天皇投海自尽。听到此，在场的众人都一齐浑身发抖，悲痛欲绝，啜泣之声此起彼伏。此后，叹息声、悲愤声也连绵不绝，闻听众人如此激动，就连什么都看不见的芳一也为之动容，陷入自己弹唱的悲痛之中，难以自拔。

过了许久，大家的啜泣声也没有停止。终于，悲声过后，周围又陷入了死一般的沉寂。这时，芳一又听到了刚才那位年长尚侍的声音。她缓缓说道：

"据坊间传闻，阁下乃琵琶高手，世间无人可与你比肩而立。方才听你说唱，此言果然不虚，你技艺绝伦，这个世上恐再难有人能居你之上。

"我家主公甚为满意，愿奉上厚礼重重酬谢。此外，接下来的六天里，还请你每晚前来弹唱，然后我们再踏上归途。

"所以明晚请在同一时刻前来。今晚带你来的武士，明天还会去迎接你。

"对了，还有一事相商，我家主公在赤间关逗留期间，阁下来我处演奏一事，断不能向外人提及。因主公出行无意到处声张，请你也一定要守口如瓶。那么，就请回吧！"

芳一深施一礼后，一名女子就牵起他的手，把他带到了府邸的大门处。刚才那个带芳一前来的武士就候在那里，准备送芳一回寺庙去。然后武士把芳一带到寺庙后身的套廊那里，告谢而去。

芳一回去时，已接近拂晓时分。但是没有人发觉芳一离开寺庙而去。由于主持回来得很晚，他还以为芳一已经就寝了呢。芳一白天虽然休息了一会儿，但是对昨夜发生的怪事，芳一闭口不谈。

这天深夜，武士来迎接芳一，把他带到了尊贵人所在的府邸。芳一演奏了平家故事的其他段落，和昨天晚上一样，芳一精妙的弹唱又获得了众人的赞许。

可是，芳一这次外出，却被寺里的僧人发觉了。翌日清晨，芳一刚回到寺里，就立刻被主持叫去问话。主持问话时虽然平心静气，但语气里明显带有责备之意：

"芳一呀，我们都很担心你。你本身眼睛看不到东西，大晚上又一个人跑出去，太危险了！你为什么不对我们说一声就出去了呢？我可以派寺里的人陪同你前往。你究竟去哪里了啊？"

芳一闪烁其词地回答道：

"住持在上，请您原谅我。我不过是有点私事而已，但是我也只能在那个时候方便处理。"

住持看着顾及左右而言他的芳一，与其说是气恼，更不如说感到十分诧异。太奇怪了！或许是有什么不祥之事发生在芳一身上吧？住持心中充满了疑虑，难道眼前这个双目失明的年轻人是被冤魂缠上或者诱骗了吗？

住持并没有再多问，但是他让寺院的仆从密切关注芳一的举动。如果芳一天黑以后再离开寺庙，就前去跟踪他，看看到底是怎么回事。

当天晚上，芳一果然又溜出了寺庙。看到这一切，寺庙的仆从们便立即点上灯笼跟了过去。然而是夜下起了雨，外面漆黑一片，仆从们刚来到外面的街道上，就不见了芳一的踪影。

真是怪了，唯一的解释只能是芳一加快了脚步。可是，考虑到芳一是个盲人，他怎么可能健步如飞呢？更何况道路又是如此泥泞难行。仆从们一边去芳一常去的人家探访，一边继续在路上追赶。但是无人知道芳一到底去了哪里。

无奈之下，大家只好沿着海岸返回寺庙。这时，阿弥陀寺墓地那边传来了激扬的琵琶弹奏之声。听到琵琶声，仆从们都吃了一惊。只见墓地那边一片漆黑，和往常的夜晚一样，几簇鬼火在墓地里飞舞。仆从们径直奔向墓地，借着灯笼的火光，终于找到了芳一。

此时，芳一端坐在安德天皇的墓碑前，正一个人冒雨弹奏着琵琶，高声吟唱着坛之浦会战的悲惨故事。不仅在芳一的身后，周围的坟地上也布满了烛火般的鬼火，在风雨中飘忽不定。迄今为止，人们还从来没有看到过这么多鬼火在墓地出现。

"芳一！芳一！"

仆从们惊呼道。

"你被鬼魂附体了……芳一！"

但是芳一不为所动，好像根本没听见一样。他只是专心致志地弹奏着琵琶，口中吟唱着坛之浦会战那段，越来越投入忘我。仆从们一下子抓住芳一的身体，在他耳边大声呼喊道：

"芳一——芳一——赶紧一起回寺里去吧！"

然而芳一却厉声申斥仆从们道：

"放肆，在贵人面前，你们成何体统？别打扰我！"

眼前的情景愈加让仆从们感到恐怖，听到芳一的话，仆从们不由面面相觑。可以肯定，芳一已经被鬼魂迷住了心窍。于是大家一拥而上摁住芳一，把他抱了起来，拼尽全力带回了寺庙。

到了寺庙，在住持的指挥下，仆从们给芳一换下了湿漉漉的衣服，并端来热汤热饭给他暖暖身子。然后住持向芳一询问，他那些奇怪的举动究竟出于何故。

芳一踌躇良久，迟迟未能开口。但是他既不想看到善良的住持继续为他担惊受怕，更不愿惹得住持为他大动肝火，于是就决意不再隐瞒下去。从最初与武士会面，到每晚去贵人府邸弹奏琵琶，芳一把事情的原委都和盘托出。

住持说：

"芳一，你这个可怜人，真是大祸临头了！你早就应该把事情的来龙去脉统统告诉我，你如此精通琵琶，不成想竟会卷到这一场厄难中来？事情再明显不过了，你夜夜前往的并非贵人的宅邸，而是墓地，是平氏家族的墓地呀！

"今天晚上，仆从们找到你时，你就在安德天皇的陵墓前。其实，来邀请你的是死者的亡灵，你所听到的一切，不过都是幻觉而已。你只要相信它们的话，跟随它们去一次，那你就会落入它们的圈套，万劫而不复。

"而且你再这样继续听从亡灵的召唤，就会被那些亡灵撕成碎片，迟早会被它们吃掉的。

"话说回来，糟糕的是今夜我没办法陪你一起度过。我还有一场法事要做，需要彻夜超度亡灵。但是出发之前我会在你身体上书写经文，保护你免受恶鬼的袭击。"

太阳落山之前，住持和小沙弥让芳一脱光了衣服。然后两人一起用毛笔在芳一的全身，包括他的前胸、后背、头部、脸部、脖子、手上、脚上，甚至足心都写上了般若心经的经文。一俟书写完毕，住持叮嘱芳一道：

"今夜待我出寺后，你就到后院的套廊上坐好。不管谁来呼唤你的名字，无论发生什么事情，你都不要回应，也不要移动身体。你只要像坐禅那样，一言不发地坐在那里就好。如果你晃动身体，或者发出一点声响，你就会被恶鬼撕成碎片。

"你千万别怕，也不要呼救。因为除了你自己，没有人能救得了你！只要你好好地遵照我的吩咐去做，就会化险为夷，有惊无险。"

天黑之后，住持和小沙弥就离开寺庙出去了。于是芳一就按照住持的吩咐，坐在了套廊上。他把琵琶放在身边，摆好坐禅的姿势，一动不动地坐在那里。芳一既不敢轻声咳嗽，也不敢大声喘气，就这样他小心翼翼地待了好几个小时。

俄而，路那边传来一阵脚步声，似乎有人走了过来。脚步声经过大门，穿过院子，来到套廊，就停在了芳一面前。

"芳一！"听到这凝重的呼唤声，芳一屏住了呼吸，一动不动地静坐在那里。

"芳一！"可怕的声音再度响起。

接下来的第三声呼唤更加粗暴。

"芳一！"

芳一犹如大石头一般，坐在那里纹丝不动。于是鬼武士嘟囔道：

"没人吱声？——这可不行！芳一这家伙一定是在什么地方，我再好好找找！"

鬼武士踏上套廊，它沉重的脚步声离芳一越来越近。很快，它就在芳一身边停下了脚步。然后过了许久，四周都没有任何响动。这时候，芳一浑身瑟瑟发抖，他觉得自己的心脏都要跳出来了。

不久，芳一的身边又响起了那粗鲁的声音。

"琵琶就在这里，可是琵琶法师他人呢？我就只看见了两只耳朵，怪不得他没有回应我。就是他想回答，没有嘴又怎么能答话呢？除了耳朵这里什么都没有，没办法，我得回去复命，作为证据，我得把这双耳朵给主公带回去。"

刹那间，芳一觉得自己的耳朵被钢铁般的坚硬手指抓住了，随后就给活生生地揪了下来。这种剧痛虽然痛彻心扉，但是芳一没有叫一声。沉重的脚步声沿着走廊远去了，有东西走到院子里，向大街那边走去，渐渐消失。

芳一感觉有热乎乎、黏糊糊的东西从头的两侧流淌下来。但是芳一还是一动不动地坐在那里，连手都不敢抬一下。

日出之前，住持回来了，他马上到后院的套廊去一探究竟。还没看到芳一，住持就在后院踩上了一摊黏糊糊的东西，差点滑倒。住持心里一惊，不禁大叫起来。他用灯笼一照，才发现脚下那摊黏糊糊的东西都是鲜血。

住持再看看芳一，发现他头上的伤口还在啪嗒啪嗒地往下滴血，但是芳一还保持着坐禅的姿势纹丝不动。

"我可怜的芳一呀！"住持一声惊呼。

"哎呀，这是怎么回事？你受伤了？"

听到住持的声音，芳一悬着的那颗心才放了下来，他突然放声大哭。然后芳一哭着把夜里发生的事情讲了一遍。

"真是在劫难逃呀，芳一。都怪我考虑不周，我在你全身上下都写满了经文，可唯独落下了你的耳朵！我让小徒弟在你耳朵周围写上了字，可是，我却忘了检查。百密一疏，这都是我的不是啊。

"现在后悔也于事无补，当务之急，让我先给你疗伤吧！打起精神来，芳一！危险已经过去，此后你再也不会受那些亡灵的惊扰了。"

在良医的精心治疗下，芳一耳朵上的伤口很快就痊愈了。而发生在芳一身上的这些奇闻怪事也不胫而走，芳一瞬间成了大家的中心话题。并且，许多达官贵人从全国各地慕名而来，他们聚集在赤间关这个地方，只是为了能欣赏到芳一的琵琶弹唱。芳一得到的馈赠不计其数，从此过上了富裕的生活。

此后，芳一便被人们称作"无耳芳一"，他的名字也变得家喻户晓。

女と男の恐い話

第五章

女人和男人的恐怖故事

おしどり

鸳鸯

在陆奥国（现在的日本东北地区，临太平洋）一个叫作田村的乡村，有一位叫尊允的鹰匠 [1]。

一天，尊允出门打猎，却一直没有发现猎物。在回家的路上，要渡过赤沼河的时候，正好看到一对鸳鸯并排游过。

都说猎杀鸳鸯是不吉利的事情，但不巧的是尊允空腹难耐，便瞄准那两只鸳鸯放出了箭。尊允的箭射中了雄鸟，雌鸟则逃到对岸繁茂的兰草中去了，丝毫不见踪影。

尊允便将那只射下来的雄鸳鸯带回家，做成了菜。

当晚，尊允便做了一个悲伤的梦。一位美丽的女子走进他的房间，站在枕旁，簌簌地流下泪来。她的哭声实在太过凄切，使得尊允心中也悲痛不已。

1　饲养、训练鹰，利用鹰狩猎的人。在日本江户时代，曾侍奉幕府将军和诸侯。

女子面对尊允，声音凄婉，质问道："为什么，你为什么要杀害那个人呢？他究竟做了什么错事要落得如此下场？在赤沼，我们二人恩恩爱爱，双宿双飞。可是，你却狠心杀了他，这一切都被迫终止了。

"迄今为止，我的夫君可有加害于你？你可明白你自己都做了什么事？啊，你做了多么残酷、多么狠毒的事情，你知道吗！

"你的行径等同将我也一起杀死了。夫君死去，我又如何能苟活？我来这里，就是为了将这件事告知于你。"

说完，女子又开始放声哭泣，那哭声中的悲戚直达听者的骨髓深处。女子一边抽泣，一边吟唱起歌来。

"每每日暮时，切切盼君归。
如今身藏荵白中，含泪孤枕难眠。

（以前每当黄昏之时，我都会与夫君缱绻偎依，共归爱巢。可如今我孤影伶仃，只能独自在赤沼的兰草丛里哀哀悲啼。此中种种哀婉凄楚，无法言说！）

唱罢，女子叫道："你还是无法知晓自己究竟做错了什么！但是如果你明天来到赤沼，你便会明白了。你一定什么都会明白的……"撂下这句话，女子伤心欲绝地哭着离开了。

早上，尊允醒来之后，心一直都悬着。因为这个梦做得实在是太真实了，不免给他留下深刻的记忆。他又想起女子所说的话："但是如果你明天来到赤沼，你便会明白了。你一定什么都会明白的……"于是尊允决定马上去赤沼一趟，以验证那是不是真的只是一个梦。

尊允到了赤沼的河岸旁，那里有一只雌鸳鸯在河面上游泳。这时，鸳鸯也注意到了尊允。

鸳鸯并没有转身逃走，而是死死地盯着尊允，眼神偏执得让人有些害怕。鸳鸯朝着尊允的方向一路冲了过来，随后，用尖喙刺穿自己的身体，在尊允面前惨烈地结束了自己的性命。

尊允后来便剃度为僧了。

雪女

雪女

    在武藏国的某个村庄，住着两名樵夫，分别叫茂作和巳之吉。故事发生的时候，茂作已经是个老翁，而他的徒弟巳之吉则是个年方十八的年轻人。

    两人每天都要出门前往距村子两里地的森林砍柴。在去森林的路上，有一条大河，河面有渡船来往。虽然人们总是在河岸建造木桥，但每当汛期河水泛滥的时候，普通的木桥总是招架不住，常常被水冲散。

    故事发生在一个寒风凛冽的傍晚，茂作和巳之吉在回家途中遭遇了猛烈的暴风雪。到了码头，只见船夫已经将船划到对岸，人也不见影踪。这种天气，是不可能游回去的。幸运的是，两人发现了船夫的小屋，勉强能够遮蔽风雪，便决定在这里凑合一晚。

    但是这间三平方米有余的小屋里，别说火盆了，就连能生火的地方都没有。小屋极其简陋，除了一扇门之外连窗户都没有。茂作和巳之吉把那扇门关严，将蓑衣盖在身上便躺下了。一开始倒并没有感觉到冷，两个人在屋里待了一会儿，觉得暴风雪或许很快就会过去。茂作很快就睡着了，而巳之吉却翻来覆去久久不能入眠，他侧耳倾听着外面呼啸的风声和暴风雪不停击打大门的声音。大河的波涛声震耳欲聋，小屋就像大海巨浪中飘忽不定的一叶孤舟，在暴风雪中咯吱作响。

这场暴风雪可真是大啊。寒风愈加冷得彻骨，巳之吉裹着蓑衣瑟瑟发抖。即使这样，巳之吉也在不知不觉中睡着了。

睡意蒙眬中，扑面而来的雪花让巳之吉醒了过来。不知何时，小屋的门已悄然敞开，在雪光的辉映下，只见屋中有一名身着白衣的女子。女子弯腰在茂作身上吹了一口气，呼出的气体好像纯白的烟雾一般。

接着，女子转头来到巳之吉身前。巳之吉想大声喊叫，却发不出声音。

白衣女子的腰弯得更低，她的脸探了过来，仿佛想要轻轻碰触巳之吉的脸颊。巳之吉发现女子的眼神冰冷无情，但容貌却十分艳丽。女子盯了巳之吉一会儿，缓缓地露出微笑，轻声说道："我本想把你和那老翁一同处置了。但你还很年轻，让我心生怜惜。巳之吉，你长得还算俊俏，这次我便放了你吧。但如果你把今晚所见讲给任何人听，我都会要你性命。哪怕是讲给你母亲听也不行，听到了吗，可不许忘记我说的话。"

女子说罢，便转身出门了。巳之吉发觉僵硬的身体恢复了知觉，便跳起来往外看。然而目之所及都看不见女子的踪影，只有漫天飞雪往小屋里倒灌进来。

巳之吉将门关严，用几根短木棒栓上门，如此，门就不会再敞开了。是风将门吹开的吗？刚才发生的事是否只是一场梦？自己是否将门外的雪光错看成一袭白衣的女子了呢？巳之吉只觉得非常不可思议。

巳之吉尝试着叫醒茂作，但老人家声息全无。巳之吉陷入恐惧之中，在黑暗里战战兢兢地伸出手来，摸了摸茂作的脸，那脸竟像冰一样寒冷僵硬。茂作已被冻死多时了。

黎明时分，暴风雪将将停息。太阳升了起来，船夫来到小屋，看到茂作冰冷的尸体、巳之吉昏迷不醒晕倒在地的样子，十分吃惊。船夫急忙上前救援，巳之吉不一会儿便恢复了意识。但是因为那天晚上受寒的程度十分严重，巳之吉的身体变得十分虚弱，之后长时间卧病不起。另外，对师父茂作的死，巳之吉十分恐惧。但是尽管心里十分害怕，巳之吉也从未向任何人说起白衣女子的事情。

巳之吉大病初愈，刚恢复些精神，便又开始了工作。他每天清晨独自去森林伐木，薄暮时分背着大捆的柴火回家，交由母亲去卖。母子俩依靠卖柴为生。

转眼间到了第二年的冬季，某天晚上，巳之吉在从森林回家的途中偶遇了一位同路的姑娘。这位姑娘在旅行途中，身材颀长，容貌美丽，当巳之吉向她打招呼的时候，她回答的声音就像鸟啼般婉转优美。

两人并肩而行，轻松地聊起天来。女子说，她的名字叫作雪子，不幸父母双亡，如今正打算前往江户投奔远方的亲戚。如果到了江户，虽然日子会难过一点，但好歹有个容身之处，或许还能找到一个工作的地方。

巳之吉渐渐地被这位陌生的姑娘吸引了。他越看越觉得，雪子是个美丽的姑娘。巳之吉问雪子有没有婚配，雪子羞涩地笑着答道："还没有呢。"雪子又反问巳之吉是否有妻子，或是否有婚约在身。巳之吉则回答说自己在独自赡养母亲，还没有考虑娶亲的事情。

两人只互相问了这个问题，之后的很长时间里都一言不发，只是缄默地并肩走在路上。

但是谚语里常说："如若有情，一个眼神便胜过千言万语。"到了村口，两个人已对彼此芳心暗许，十分亲密了。巳之吉便问雪子，到他家中歇歇脚可好。雪子扭捏地踌躇了一会儿，还是接受了巳之吉的提议。

巳之吉的母亲热情地出门迎接雪子，还准备了热乎乎的饭菜。因为雪子的行为举止稳重大方，谈吐优雅有理，所以母亲越来越喜欢雪子，便劝她延后去江户的计划。

后来，雪子果真没有再提去江户的事。也许是缘分已至，自然而然地雪子便留在了巳之吉的家中，成了巳之吉"值得夸耀的媳妇"。

雪子真是一名贤内助，将家的里外杂事都处理的十分妥帖。又过了五年，巳之吉的母亲去世之时，垂危之际还不忘用尽溢美之词来夸赞儿媳。

几年来，雪子和巳之吉生了十个孩子，每一个孩子都面容标致，肌肤雪白。

村民们都觉得，雪子似乎生来便和他们有所不同，是一个不可思议的女子。普通女子都会容颜衰老，而雪子生下了十个孩子，却依然和刚来村子时别无二致，一如既往地年轻美丽。

一天晚上，雪子哄孩子们入睡之后，在灯笼的光照下缝补衣物。巳之吉望着雪子，开口说道："我看到你在灯下缝补衣物的脸庞，就想起过去当年我十八岁时发生的一件不可思议的故事。那时，我见到了一名和你一样美丽，一样白皙的女子。你和她长得可真像啊……"

雪子垂眼缝着衣物，说道："那便给我讲一讲那个女子的故事吧，你们在哪里见面的？"

巳之吉便开始讲述那晚在船夫小屋中发生的恐怖故事。

那个白衣女子是如何贴近他，微笑着轻声说话的，茂作是如何在不知不觉中死去的，巳之吉将一切都讲给雪子听了。末了，巳之吉又说道："我也不清楚那究竟是个梦还是真实发生的事。但是我此生所见的能与你的美貌所匹敌的女子，也只有那一个而已。当然，那女子应该不是人类。她的皮肤白皙，每每想起就令我心生战栗。即使到了现在，我仍然想不明白，那究竟只是一场幻梦，还是雪女真的出现了……"

这时，雪子突然起身，扔掉正在缝补的衣物，弯下腰来，面对面地贴近了坐着的巳之吉叫道："你说的那人就是我，是我啊，是你面前的雪子啊。那时我应该对你说了，倘若你对别人泄露半句话，便休想活下去了。可是，在这些睡着了的孩子们面前，我如何忍心杀你？以后，孩子们便交由你好好照顾和疼爱吧，若是你让他们吃一点苦，那么我一定会让你受报应的……"

雪子这样喊叫着，悲伤的声音像风儿的呼啸一般越变越细。她的身体渐渐消融，变成了白色的烟雾，在房梁处变成一个螺旋上升的漩涡，从烟囱消失了。

那之后，再也没有人见过雪子。

青柳ものがたり

青柳的故事

　　文明年间（一四六九年至一四八七年），有一个叫作友忠的年轻武士，侍奉于能登（现在的石川县北部）的藩主畠山义统。友忠虽然生在越前国，但他从小作为侍童寄身于能登的领主府邸中，在藩主的指导下努力精进武艺，勤耕不辍，成长为优秀的武士。长大之后，友忠文武兼修的才能得以充分发挥，得到主君藩主畠山的赏识。友忠生来便招人喜欢，性格敦厚温和，风度修养俱佳，面容清秀俊朗，也备受同辈武士的敬爱。

　　友忠二十岁那年，携密使之令，作为使者到畠山义统的亲戚、京都领主细川政元身边侍奉。畠山义统命友忠取道越前国，友忠便打算在途中顺道拜访为父亲守寡的母亲。他向义统请令，获得恩准。

　　由于在天寒地冻的时节出发，沿途道路尽数被深雪覆盖。即使出行时特意选用了壮硕的骏马，也只能缓步前行。小路在山间盘旋，只能看到远处有稀疏几点人家。时至傍晚，友忠疲惫不堪地骑了一整天的马，知道就算深夜也不可能抵达驿站，不由一筹莫展。

友忠的不安也是有道理的。寒风侵肌、暴雪猛烈，马儿也精疲力竭。但是在友忠苦恼之时，无意中看到山丘的顶端有几株柳树生长，那附近有一栋稻草屋顶的房子。

友忠急忙驾着疲倦的马奔向那栋小屋，用力敲紧锁着的防雨门。

吱呀一声，防雨门后探出一位老妪的头，老太太看到这个严肃凛然的旅客站在暴风雪中，心生怜悯，不禁大叫："哎哟，这是怎么了？这么糟糕的天气，您这样年轻的武士还要一个人赶路吗！来，来，您快进来歇歇脚吧。"

友忠将马牵到小屋后面的仓库，然后跨进主屋，看见老翁和他的女儿正在家中用竹片生火取暖。两人都恭敬地招呼友忠来火堆旁边。

老夫妇一边为友忠温着热酒、准备饭菜，一边用礼貌的语气询问他旅行的缘由。他们的女儿则藏身于屏风的暗影中，虽然衣着寒酸，垂下的如瀑长发也有些杂乱，但是依稀可见姣好的面容和精细的五官，友忠仔细端详，不由为女子的美貌而倾心。这令他惊奇不已，这么美丽的姑娘，居然住在这种人迹罕至的地方，着实令人感到不可思议。

老人对友忠说道："这位武士大人，这里距离附近的村庄还很远，外面的雪也越下越大。寒风刺骨，飞雪如瀑，道路也非常泥泞。这样的晚上，如果还要继续上路是很危险的。我家的房子虽然简陋，也没有什么可以拿来款待您的，但您不妨在这里借住一晚，我们也会帮忙照顾马匹的。"

友忠接受了这位老人诚恳的提议。而且他也想多了解一下这位年轻姑娘，心中不由暗自欢喜。不一会儿，朴素而又可口的饭菜端到了友忠面前。那位姑娘也从屏风的暗影中走了出来，亲自为友忠斟酒。姑娘换了一身质地粗糙但干净整洁的手纺长裙，长长垂下的头发也用梳子梳理过，显得顺滑飘逸。

姑娘身姿款款，舒展腰肢为他斟酒，友忠不由心神摇曳，暗暗称奇——这位姑娘姿容卓绝，竟远胜他此生见过的其他女孩。姑娘的行为举止颇具气度，眼波流转间自有柔婉的大家风范，友忠不由再次心动。

见此情景，老夫妇谈起自己的女儿，满含歉意地说："武士大人，小女闺名青柳，自幼在深山长大，既不谙世事，又不懂礼仪规矩。如果有无知粗鲁之处，还请您宽宥她。"

友忠则回答说："没有的事情。承蒙如此美丽的女子亲自斟酒侍膳，着实光荣之极。"

友忠那感叹的眼神染红了青柳的脸颊。看到此情此景，友忠再也无法将眼神从青柳身上挪开，连面前的酒菜都忘记了。

这时，老妪提起酒壶，说道："武士大人，再吃喝一些吧。不知乡下饭菜合不合您的胃口。但今日寒风刺骨，您风雪兼程地赶路想必冻坏了身子骨，不妨多喝些薄酒暖暖身体。"

为了不辜负老夫妇的一番好意，友忠便放怀吃喝起来。然而，觥筹交错间，友忠越来越心醉于青柳粉面含羞，双颊绯红的那一抹艳丽。他和青柳搭话，发觉这姑娘的遣词用句清雅别致，蕙质兰心，如她的容貌一般沁人心脾。尽管她在乡野长大，但父母看起来曾经身居高位，因为不管是言谈举止，还是不经意间流露的风度修养，都很像一位出身高贵的闺秀。

友忠心里充满了喜悦，不禁对着青柳咏唱起和歌，这样
问道：

路遇花一朵，唯愿长相守。拂晓还未至，何故映茜色。
（在拜访他人的旅途上，见到了一位比花儿还要美丽的姑娘。我心
神摇曳，为之倾倒，想要与她长相厮守。现在黎明还未到来，为
何那姑娘的脸颊染上了茜草的颜色呢？）

姑娘没有丝毫犹豫，便回复道：

日出须臾间，晨光正熹微。如若入我袖，明日君或留。
（晨光熹微，太阳行将升起，倘若我将那朦胧的晨光藏于袖间，我
心仪的郎君是否会停下远行的脚步？）

友忠明白，青柳接受了自己的心意，这正在他意料之中，
不禁心花怒放。不仅如此，青柳通过和歌表明心意而展现出的
敏捷才思也令友忠感到惊讶。友忠明白，在这个世界上他再也
遇不到比眼前的山村姑娘更加容颜艳丽、秀外慧中，与自己灵
魂相通的女子了。友忠听到心中屡屡响起这样一个声音："一定
要抓住神灵赐予的好运。"

友忠心醉神迷，俨然已被青柳的魅力所折服，沦为爱情的
俘虏。事已至此，友忠便开门见山地向老夫妇祈请，能否让女
儿嫁给自己，并自报出身、名号，也将自己在能登领主家中侍
奉的身份和盘托出。

老夫妇发出又惊又喜的声音，诚惶诚恐地坐在友忠面前。然而老父亲犹豫了一会儿，这样回答道："武士大人，您的身份非常高贵，相信未来必定能大展宏图吧。您所提出的要求，以我们的身份是万万不敢奢望的。承蒙您不嫌弃，我们的感激之情无以言表。

"但小女青柳是个乡村姑娘，出身寒微，生来愚钝，也不懂得什么礼仪教养，着实配不上像您这样有身份的武士大人。这样高攀的想法，只是说出口来都令我们深感惶恐……

"但是倘若您对小女有意，能够宽恕她不懂礼法，原谅她不知规矩的缺点，我们也很愿意让女儿侍奉在您左右。今后便如您所愿吧。"

翌日，黎明还没有到来，暴风雪便已经停息。天空万里无云，朝阳自东方缓缓升起。即使青柳的衣袖掩映着她脉脉含情的双眸，遮挡着她灿若晨曦的羞红脸颊，也挡不住少女情态动人，那娇美之态较之云霞更胜一筹。但友忠身负使命，不能再拖延哪怕一刻。然而两人心意初定，友忠与青柳难舍难分。做好出发的准备之后，友忠便这样对老夫妇说："已经给您添了很多麻烦，也许您会认为我是一个不懂感恩的人，但还有一事想要拜托您。我再一次诚挚地恳求您，希望二老将青柳赐我为妻。我想，我与青柳两情相悦，再难忍受分离之苦。她想必也与我同心同德，如果您们允许的话，我想和她一同上路。倘若能迎娶青柳姑娘，我会将二老视若双亲，一辈子侍奉孝敬。您二位对我亲切周到，这是一点心意，权当谢礼。请您笑纳。"

说罢，友忠便把一包金子放在拘谨客气的主人面前。然而老人多次俯首鞠躬之后，郑重地将那份作为谢礼的金子推了回来，这样说道："武士大人，这些钱对我们来说没什么用处。倒是您，在寒冷的季节长途跋涉，应该需要不少开销吧。我们身居穷乡僻壤，没有什么东西需要添置，日常生活就是想用也用不了那么多钱……

"关于小女，已经如您所愿许配给您了。她已经是您的人，是走是留就没有必要再向我们企求允许。女儿既然表明要跟随您左右，今后只要您还爱重她，便让她侍奉在您身边吧。只要您愿意娶她为妻，我们就已经很高兴了。

"请不要再为我们担忧，在这样的深山老林中，我们没有办法给女儿购置得体的嫁衣，也没有办法给她置办什么嫁妆。更何况我们也都年迈，时日无多，迟早会留下她一人维持生计。所以您愿意将她带走，也是帮我们了却一桩心愿。"

友忠再三恳请老夫妇将金子收下，但是没有办法，他们对金钱毫无兴趣，只有一片拳拳爱女之心。女儿已经托付给友忠，他们只关心女儿将来的命运。友忠决定带着青柳即刻上路。友忠让青柳乘上马匹，诚恳地向老夫妇表达自己的谢意，做最后的道别。

"武士大人，"父亲说道，"要道谢的人并不应是您，而是我们。相信您一定会好好珍惜我们的女儿，所以我们没有丝毫的顾虑。"

在当时，没有主君的准许，武士是不可以结婚的。所以友忠认为，在完成这次密使任务之前，是不能向主君提出结婚请求的。因此在这种情况下，友忠担心青柳引人注目的美貌会招致危险，甚至可能被他人夺走。于是自从来到京都，友忠便将青柳藏了起来，不让她暴露在世人好奇的目光之中。

然而有一天，细川侯的某位家臣见到了青柳，也猜到了友忠和青柳之间的关系，便紧急报告给了主君。年少风流的细川侯最爱容貌秀美的女子，听闻青柳面容出众，便命人即刻传召青柳到他的府邸。毫无招架之力的青柳便被强行带到府邸。

　　友忠陷入了无以言表的悲伤之中。但是他也明白，自己实在是无能为力。友忠是侍奉远方领主国的家臣，身份低微，只是一个使者。更何况，细川侯坐拥的权力比自己的主人还要大些，他又怎敢违背命令，忤逆君主心意呢？

　　而且友忠也认识到，是自己的行为太过轻率，违背了武士阶级的规矩，私订终身，这才招来不幸。事到如今，友忠心中只剩一丝侥幸。这似乎是一桩无法实现的愿望，就看青柳是否有机会顺利脱身，愿意和自己私奔。

　　友忠想了很久，终于决定给青柳写一封信送去。这自然是个危险的计划，寄给青柳的信极有可能落入细川侯手里，而给身在领主府邸的女子写情书，等同私相授受，无疑是犯下重罪。

　　即便如此，友忠还是甘愿冒一次险。他将对青柳的爱恋寄托于一首汉诗之中，写下了这封信。尽管全文只有二十八个字，但友忠将对青柳的深深爱恋和失去青柳的心痛借这首唐人崔郊的《赠婢》表达得淋漓尽致。

公子王孙逐后尘，
绿珠垂泪滴罗巾。
侯门一入深似海，
从此萧郎是路人。
（少女容貌秀美宛若珠玉，年轻的往后公子们竞相追逐在她罗裙后大献殷勤。然而美丽的少女幽幽垂泪，黯然伤神，泪水沾湿了衣襟。那日，主君只看了少女一眼，便成为她的俘虏——那思慕之深切可以用大海来形容。因此我便只能被甩在身后，独自在路上彷徨徘徊，思念着离开的恋人。）

　　将这首汉诗送给青柳后，转天傍晚，友忠便被传唤到细川侯面前。友忠马上想到，一定是他的秘密被发现了。因为，如果细川侯看到了那封信，严罚是肯定逃不了的。

　　"估计是要判我的死罪吧。"友忠心里想，"但是如果青柳不回来，我活着也没什么意思了。如果细川侯命我切腹自尽，我就先发制人斩下他的头颅，给他点颜色看。"

　　友忠将大小两柄刀插在腰间，急忙赶到领主府邸去了。

　　友忠走进拜谒间，只见细川侯身居高位，一众穿着简装朝服的重臣们侍立两旁。为显自己的恭顺之意，友忠往前走了几步，周遭鸦雀无声，空气仿佛凝固般不祥且压抑，一切如同暴风雨之前的宁静，令人悚然。

　　然而细川侯打破寂静从上座走了下来，拉起友忠的胳膊，念起了汉诗："公子王孙逐后尘……"友忠不禁仰头望着细川侯，只见细川侯的眼睛里噙着温柔的泪水。接着，细川侯说道："你们既然如此情投意合，余便代替你家主公能登守下令，允许你们在此成婚。即刻举行婚礼的仪式吧。此处宾客满堂，礼品也都准备好了。"

　　说罢，细川侯打了一个手势，走廊深处的纱门徐徐拉开，高官重臣们为了参加婚礼早已聚集在此。穿着新娘礼服的青柳已经等候友忠多时了。

这样，青柳又回到了友忠身边。婚礼的氛围喜悦而庄重，喜宴布置也非常华丽。细川侯和所有家臣都给年轻的新郎新娘准备了价格高昂的贺礼。

转眼，友忠和青柳结婚已有五年，生活得十分幸福。

但是一天早晨，青柳正在和丈夫闲话家里琐事的时候，突然非常痛苦地叫出声来。脸色也变得非常苍白，沉默了很长时间。过了一会儿，青柳声音虚弱地说道："我刚才突然觉得很痛苦，请你宽恕我发出这样失礼的叫声。夫君，你我结为夫妇乃是前世种下的姻缘。到了来世，我们还会再续前缘的。只是，今生你我的因缘只能到此为止了。离别在即，我就要这样与你分别了。拜托你为我诵经念佛吧，我马上要死去了。"

"别说傻话，"友忠惊讶地说道，"你不过是有些不舒服罢了，我扶你躺一会儿吧，躺一会儿应该就好了吧。"

"不，不是的！"青柳回答道，"我要死了，这并不是错觉。我知道，事到如今，我不能再隐瞒你了。我并不是人类，而是一个柳树精。树的魂魄便是我的心脏，柳树的灵魂便是我的生命。刚才，有人残忍地砍掉了我的那棵树。所以我就要死了。就算想哭，我也没有那个气力了。快，快，请夫君为奴家念经祈祷吧。快！哎哟！"

青柳再一次发出了痛苦的叫声，她美丽的脖颈转到侧面去，想用袖子把脸部遮住。几乎就在同时，青柳的身体不可思议地变得软绵绵的，身子不断向下塌沉，最后陷入了地下。友忠慌忙上前想拉妻子起身，却什么都没有摸到。榻榻米上有的，只是美丽的妻子所穿过的衣物和她那亮丽光泽的青丝上戴过的发饰。青柳的身体，就这样毫无预兆地消失了。

从那以后，友忠削发为僧，遁入佛门，成了一名云游诸国的和尚。每当他巡游过一个国家，就会去当地的寺庙神堂，为青柳的灵魂念佛祝祷。

云游途中，友忠再次途经越前国，便去寻找爱妻父母的住处。但是，当友忠来到那印象中曾经居住过的，人迹罕至的山间小屋附近一看，那栋茅草屋已经不见了。

那房子毫无痕迹地消失了，只留三颗柳树的树桩。其中两颗像是老树，剩下的一颗则是小树。但是那棵小树似乎也在友忠来到这里的很久之前就被砍倒了。

友忠在柳树树桩的旁边立起一块刻有经文的石碑，郑重地为青柳之灵和她的父母之灵上供、诵经，祈求冥福。

武士の妻

武士之妻

和解

和解

很久以前，京都有一个年轻的武士。由于他的主君家道中落，不得不过上捉襟见肘的生活。后来，他找到了一个给地方的国守做仕官的工作，便决定离开京都。

离京之前，武士与他那容貌美丽、性情温和的妻子离婚了。为了争取到出人头地的机会，他与一个家境优渥的女子再婚，和第二任妻子一起前往地方上任了。

或许是年少轻狂，又或许是为生活所困，这位年轻的武士对珍贵的爱情不以为意，轻易地抛弃了第一任妻子。而他和再婚妻子的生活却并不如意，第二任妻子不通情理，任性妄为，每次发生不愉快的时候，武士就开始怀念起曾经在京都度过的日子。这时，他才发现，原来自己对第二任妻子的爱恋远不能及对第一任妻子的思慕。

他也察觉到，自己是多么薄情冷漠、无情无义。随着时间推移，他越来越后悔、越来越自责，每一天良心都备受煎熬。他一次次地在心里描绘前妻说话时温柔的样子，温柔甜美的笑靥，优美纤长的体态以及无可挑剔的体贴和包容……自己曾狠心地弃前妻于不顾，相伴的日子里也不够体贴温存，那些回忆不断地在他眼前闪现。

午夜梦回时，武士时常在梦境里重现妻子为了补贴家用，不分昼夜、勤恳织布的样子，以及被抛弃后，她孤身一人穿着磨损的简陋衣衫跪坐在寒风四窜的房间中暗自垂泪的样子。日复一日，武士白天做任务时，也开始常常思念前妻，不知道她现在过得好不好，不知道现在她在做什么。

如此忧虑不已，武士又安慰自己，妻子是不会和其他男人再婚的，倘若自己诚心赔罪，她一定不会拒绝。武士暗下决心，等自己回到京都，马上就去找前妻，请求她的原谅，让她回到自己身边，尽全力补偿她。但尽管决心已下，时间却匆匆逝去了。

终于，任期已满，武士恢复了自由之身。

"我这便回到妻子身边吧。"武士在心里坚定地发誓道，"当年就那样抛弃了她，我是个多么愚蠢、多么冷酷的男人啊。"

幸好，武士和现任妻子没有子嗣，他与现任和离后将她送回娘家，自己急急忙忙地离开任地。回到京都，武士顾不得卸下行装，便开始寻找前妻了。

待武士回到前妻之前住过的屋子附近，天色已晚。那天是九月十日。周边的街道就像墓地一样鸦雀无声。天边的月光皎洁，清辉照亮了四周，武士马上就找到了妻子的家。那栋老屋荒芜一片，杂草甚至长到了屋顶之上。武士敲了敲大门，却没有听到任何应答。

因为大门没有上锁，武士便进去了。紧靠院口的房间里没有榻榻米，显得空荡荡的。木地板的缝隙之中有冷风渗入，壁龛间的护墙板有破损的空隙，月光从中照了进来。其他的房间也同样朽烂，境况十分凄惨。

无论怎么看，都不像有人居住在里面的样子。即使如此，武士还是检查了每一间屋子，终于来到最靠里面的房间门前。这屋子很小，却是妻子最喜欢、最常居住的屋子。走近一看，武士发现隔扇深处似乎微微地散发着光亮。武士惊讶地屏住一口气，不由站住了。

武士轻轻地打开隔扇，看到眼前的情景，不禁发出又惊又喜的声音。只见妻子正在灯笼的亮光之下缝补衣物。这时，妻子抬起头，她的目光从缝补的衣物移到丈夫身上，对丈夫露出莞尔一笑。随后，好像什么都没有发生过一样，对武士行了一个礼，这样问道："您什么时候从京都回来的呀？房子里这么暗，真是难为您找到这间屋子了。"

妻子没有任何变化，还像武士记忆中的那样年轻而美丽。特别是妻子那宛如乐音奏响一般温柔清越的声音，让武士感到欣喜若狂。他马上坐到妻子身边，开始深刻反省自己做的错事，讲起了自己和第二任妻子的生活如何悲惨，讲述自己缠绵的思念和想要回到妻子身边的执念。武士温柔地拥抱着妻子，反复请求她原谅自己。妻子用无比温和的态度，恰如他所愿地回应了他："请不要再自责下去了，也请您不要为了我这样的人痛苦。因为我实在不配做您的妻子。"

妻子明知丈夫是因为厌恶贫穷才离开自己，但在丈夫面前却只字不提。

"您在我身边的时候，对我极尽温柔。当您离开后，我心里也一直祈祷您能够幸福顺利。您说想要补偿我，只要在我身边就足够了。尽管相逢短暂，但是能够再见到您，便令我无限欣喜了。"

武士快活地笑了起来，说道："说什么相逢短暂。岂止是今生今世，不管重生多少世，我都愿意与你在一起。只要你不厌烦，我便打算再回到这里与你住在一起。今后不管发生什么，我都想和你一同承担。如今我手里的钱已经足够了，身后也有支持我的人。再也不用害怕那贫穷的生活了。明天，我就把行李搬进来，我还带了些下人来，你就不用做家务活了。我们好好整理一下，让这个家还像原来那样整洁吧。"

随后，武士有些歉意地说："今天晚上我来得如此之迟，真是对不住你。我只想尽早回到你身边，和你说说话。没有时间拭去一身车马劳顿的尘土，便赶到这里了。"

听了这句话，妻子显得非常高兴。这次，妻子给丈夫讲了很多他不在京都时发生的故事。但是妻子并没有谈及自己艰苦度日的回忆。

二人一直聊到深夜。随后，妻子把丈夫拉到两个人新婚时住过的一间屋子，这间屋子方位朝南，十分温暖。妻子开始铺起床来。丈夫见到此情此景，问道："没有女用人吗？"

"没有，我没有富余的钱雇女佣，都是我一个人勉强度日。"妻子快活地微笑着，这样回答道。

丈夫说："明天就有很多能干的女用人过来了。如果还需要什么的话，我都能满足你。"

两个人躺了下来，却根本无心睡眠。他们有太多太多的话语想向对方倾诉。过去的种种、如今的境况，甚至未来的日子……直到夜深，两人还在交谈。不知不觉中，武士进入梦乡。

等武士醒来的时候，阳光从隔扇的破洞中照了进来。武士发现自己躺在陈旧发霉的主屋房间的木地板上，顿时惊慌失措起来。

难道昨天晚上的是梦吗？不，妻子还在，她应该还躺在这里。武士心里这么想着，弯腰去看身旁的妻子，突然发出惊愕的悲鸣。

横躺在那里的，只有一具披着白色寿衣的尸体。妻子已经腐烂到空剩一具残破的尸骸，上面缠绕着的黑色长发。

武士犹如重病患者一样不住地发抖，在阳光的照耀下伫立了很长时间。武士感到，那似乎要将他冻僵的恐惧终于转化成了无可奈何的绝望。武士实在忍受不了深沉的绝望和痛苦，只愿相信这并不是现实，只是一道幻影。

武士决定假装成路过的行人，向住在这一带的人们询问去妻子家应该怎么走。

"那个房子里根本没人住呀。"人们这样回答道。

"从前倒是有个武士和他夫人住在这里，后来那位武士和他夫人离婚，和别人再婚，好几年前就搬走了。

"夫人心痛不已，患上了重病，家里也没有人照顾她，那年秋天便故去了。记得夫人逝世的那天，就是九月十日……"

因果話

因果故事

曾经，有一个领主的夫人因病卧床，即将离世。夫人从文政十年的初秋便卧床不起，如今已是文政十二年——如果用公历来说的话则是一八二九年——的卯月（四月），赏樱花的季节即将到来。她本人也知道自己死期将至。

夫人感怀于院子里盛放的樱花树和春天来到的喜悦，想到了自己的孩子们，又想到了丈夫纳的许多侧室，尤其是那十九岁的雪子。

领主面对爱妻，这样说道："你卧病在床已经有三年了。为了让你痊愈，我用了各种各样的方法，不分昼夜地陪伴在你身旁，还多次为你祈祷、斋戒。我真心实意地为你护理，请各种名医为你诊病，但是这些没有丝毫效果，一切努力都是枉然。

"但是生者比逝者更为痛苦。佛家有句话说得非常贴切，此世乃‘火宅[1]’。为了给你积累来生福荫，我定不惜花费钱财，给你做一场风光的佛事。举家上下都会为你祈祷，不会让你在黄泉路上迷惘徘徊，愿你能尽快到达极乐世界成佛。”

丈夫抚摸着夫人的病体，语气柔缓，娓娓倾诉道。夫人还是闭着眼睛，用蚊子一般微弱的声音说道：“承蒙夫君的一番好意，妾身实在是不胜惶恐……就如您所说的那样，在我长达三年卧病在床的时间里，您一直尽心尽力地照顾我、看护我。我已经不再抱有执念，准备坦然地面对死亡了。我知道，到了这个时候，不能再拘泥于俗事了，但我最后还有一个请求。最后一件事，请把雪子叫来吧。我真心对待那个姑娘，把她当作亲妹妹一样疼爱，想必夫君您也知晓。所以，我想把府内的事情交代给她。”

受到夫人召见的雪子来到内室，跪在夫人的身侧。夫人睁开眼睛，望着雪子，对她说道：“哎呀，雪子，你终于来了……我真高兴……你离我近一点，才能听见我说话呀。我现在不能大声说话了。

“……雪子，我知道我命不久矣，而你还要侍奉在主君身侧，保主君一切顺利平安。我希望，等我死后由你来继承我的妻位，代替我侍奉主君。你要努力，要长久地得到主君的宠爱。没错，你素来得到的宠爱远胜我百倍。待我身故，你位列正室指日可待了。

1　法华七喻之一。一种充满烦恼和痛苦的状态。将处于此种状态的人世间喻为燃烧的房子。

"……我就把主君全部托付予你了。你绝不能让其他女子夺走主君的宠爱……我想对你说的只有这些……你听懂了吧？"

雪子回答道："夫人，求您不要说这样的话了。如您所知，我出身卑微贫贱，绝无可能成为主君的正室。"

"别再说了。"夫人用嘶哑的声音制止雪子再说下去，"不要再惺惺作态，说那些冠冕堂皇的话了。就开门见山地说吧，等我死后，你是一定能扶正的。

"我和你重申一次，我希望由你来做主君的正室。与其祈祷死后成佛，倒是这件事更让我牵肠。

"……哎呀，险些忘了。还有一件事要拜托你。院子里栽种着重瓣樱花，是不是？那棵树是去年才从大和国的吉野山运来的，听说现在正好盛放。我很想看看重瓣樱花盛开的样子。我死之将至，阖眼之前，无论如何都想看看那棵树的样子。求你了，带我去院子里吧。雪子，就是现在——我想看到樱花。对了，你背着我吧。你背着我，带我去看看吧……"

领主夫人苦苦哀求着，声音渐渐升高，恳求的心情十分强烈，似乎给她带来平生从未有过的力量。这期间，夫人还哇的一声大哭起来。雪子不知所措地跪在地上，领主却点点头，说道："这是夫人的遗愿。因为夫人最爱樱花，所以一定很想看看那大和樱花盛开的样子吧。雪子，你就照夫人吩咐的去做吧。"

雪子用奶妈背孩子那样的姿势转过身来，将肩膀探到夫人面前，说道："夫人，来吧。请您告诉我这样可不可以。"

"这样就行了！"濒死的夫人这样回答着，用常人无法想象的力气支起身体，紧紧地搂住雪子的肩膀。然而就在雪子将要起身的时候，夫人枯瘦的双手突然从雪子的肩头滑向和服的内衬，一把抓住雪子的乳房，毛骨悚然地笑出声来。

"终于做到了！如我所愿，我得到了樱花。比起庭院里的樱花，你这朵樱花[1]更让我难以忘怀，让我求死而不得。这样，我的愿望终于实现了。啊啊，我真高兴啊。"夫人对着面前弓着背的雪子叫道，然后一下栽倒在她后背，就那样死去了。

随从人员立刻上前将夫人的身体从雪子肩头拉开，将遗体放在地上。然而不可思议的是，这件事情看似容易，却没有一个人能够做到。不知为何，夫人那冰冷的双手已经紧紧地贴在雪子胸前，仿佛化为雪子身体的一部分。雪子则因为过于恐惧和痛苦而晕厥过去了。

领主叫来很多医生，却没有一个人能说出个所以然来。无论如何去拽死去的夫人的手，都无法将它从可怜的雪子的胸口上挪开。夫人的双手深深地陷入雪子的两只乳房中去，如果强行拽开的话，只会令雪子流血不止。与其说是夫人的手指陷了进去，不如说是夫人的整只手掌与雪子乳房上的血肉融为了一体。

那时，在江户技术最为精湛的医生是个外国人，一位兰方[2]的外科医生。领主将那位医生招来。在仔细诊断之后，医生说，虽然处理方法很困难，但为了保住雪子的生命，必须将夫人的双手砍去。这是因为，将夫人的手从雪子的乳房削落是极其危险的。于是按照诊断的那样，医生将夫人手腕切断了。即使这

1　在日本的诗文之中，用樱花来比喻女性的身体之美。相对地，用梅花来比喻女性的内在之美。
2　江户时代传入日本的荷兰医术。

样，夫人的双手依然抓着雪子的胸口，不久之后，那双手变得焦黑干瘪——好像是一双很久之前便死去了的人的手。

可是，这件事情不过是一个预兆而已，之后发生了更加恐怖的祸端。夫人那抓住雪子胸口的双手看似脱离身体、枯瘦干瘪，但并没有死去，有时像一只大型的灰色蜘蛛一样轻轻地蠕动着。更有甚者，每当深夜丑时，它必定会紧紧地又抓又掐雪子的乳房，不断地折磨雪子的身体。这种痛苦，直到寅时才会停止。

雪子后来削发为尼，法名为"脱雪"，成为一名化缘尼姑。她为已故的夫人——戒名"妙香院殿智山良妇大姊"做了牌位，还将牌位随身携带，遍游诸国。她日复一日地跪拜在夫人的灵位前，请求死者原谅，安抚她因嫉妒而熊熊燃烧的灵魂。

但是像这样用折磨来报复的恶因缘，是不会这么轻易地消除的。每晚丑时来临，夫人的两只手便不断地折磨脱雪尼姑，至此已有十七年时间。

据说，尼姑脱雪最后一次讲这个故事，是在下野国（现在的栃木县）河内郡田中村的野口传五左卫门家里，尼姑脱雪乞求在他家留宿一夜。据说那是弘化三年（一八四六年）发生的事情。那之后，尼姑脱雪的消息便突然中断了。

花嫁
新娘

破られた約束

毀约

一

　　"我并不害怕死去，"妻子在濒死之际，这样小声说道："只有一件事，我非常在意。我想知道，在我死之后，谁会嫁入家门，顶替我的位置。"

　　"你呀，你呀，"丈夫沉浸在悲伤之中，这样回答道。"在你之后，还有谁会进咱们家门呢？我绝对没有再婚的打算。"这句话，是丈夫的肺腑之言。因为武士深深地爱着他将要去世的妻子。

　　"赌上武士的信义吗？"妻子露出虚弱的笑容，这样问道。

　　"赌上武士的信义，一定会守约。"丈夫抚摸着妻子苍白消瘦的脸颊，这样回答道。

　　"既如此，大人，"妻子说道，"请您把我埋在院子里吧。

就埋在院角，我们二人一起种下的梅树旁。很久之前，我就想拜托您这件事情了。但是我担心您会再婚，如果在如此近的地方立下我的墓碑，恐怕您心里不舒服，所以一直都很犹豫。但是刚才您和我约定绝不会再娶，我终于能毫无顾虑地说出口……请您一定要将我埋在那个院子里！如果在院子里的话，我还可以偶尔听听您的声音，到了春天也可以欣赏花朵。"

"那就如你所愿吧。"丈夫回答道，"但是不要再提安葬的事情了。你的病还没有恶化到放弃希望的程度。"

"我已经不行了，"妻子回答道，"大概活不过今天早上……请把我埋在院子里吧。"

"啊，没问题。"丈夫发誓道，"就在你和我种下的那棵梅花下，给你筑一座美丽的香冢吧。"

"然后，可以给我放一个小铃铛吗？"

"什么铃铛？"

"我想要在棺材里放一个小铃铛，就像那些朝山拜庙的人们在身上挂的那种。求您了。"

"好，小铃铛对吧。其他还有什么想要的吗？"

"我别无他求。"妻子回答道，"大人，您总是对我那么好。这下，我可以幸福地死去了。"

之后，妻子静静地闭上了眼睛，咽了气，就像玩累了的孩子睡着了那样，安详地死去了。在她那美丽的脸庞上，还挂着一丝笑容。

武士把妻子埋葬在她生前最喜欢的院子里的梅树下，铃铛也一起埋了进去。之后，武士为妻子建了一块墓碑，上面刻着家纹和她的戒名："慈海院梅花明影大姊"。

然而在妻子死后不到一年的时间里，武士的亲戚和朋友便屡次建议武士再婚。

"你还很年轻啊！"大家异口同声道，"而且你还是家里的独子，你这一脉后继无人。作为武士生在这世上，娶妻是你的义务。要是没有孩子就去世了，谁来供养你的祖先呢？"

在众人的劝说下，武士终于妥协了，决定再婚。嫁到他身边的新娘子只有十七岁。虽说前妻的坟茔屹立在院角，好似发出无声的怨怼，但武士依旧无法挽回地爱上了新娶的娇妻，将昔日的誓言抛在脑后。

二

距离婚礼举办已经过去七天，并没有发生任何怪事威胁到新娘的幸福。正好在第七日，武士接到任务，晚上要留守在城里值班。这是新娘独自待在房中的第一个夜晚，她莫名地感到不安。她不知道自己为什么会有这种预感，但就是惴惴不安，有种说不出的恐惧。她夜不能寝，身边的空气凝滞而压抑，像是暴风雨来临的预兆，有种无法言说的沉重气氛。

终于，到了丑时，从黑暗一片的窗外传来了丁零丁零的铃铛声，就像朝山拜庙的人们走路时发出的铃声那样。新娘觉得好生奇怪，在这个时候，不知是哪位朝圣者经过武家府邸呢？不一会儿，铃铛声停了下来，接着便越来越近了。这个朝圣者一定是朝着府邸的方向而来，可他又是如何做到的呢，房子后明明没有通道路啊？

突然，家犬一反常态，胆怯而又悲伤地吠了几声。宛如梦魔般的巨大恐惧向新娘袭来，那铃铛的声音，的的确确是在庭院中响了起来。

新娘准备起身叫醒家仆，却发现身体被禁锢一般无法移动，也发不出声音。那铃铛声越来越近，家犬频频发出恐惧的吠叫。明明每一扇门都关得严严实实，拉门和屏风亦丝毫未动，可一个女子如影子潜入般轻快地进了屋子。她身穿白色寿衣，戴着巡礼之铃。也许是因为死去多时，双目空洞无神，长长的头发在脸部周围随意缠绕着。从她那蓬乱的头发间可以依稀看出，女子眼中无珠，口内无舌，却依旧死死地盯着新娘，开口说起话来："给我从这个家里滚出去。出去！这个府邸的女主人是我！你出去！但不许和任何人说你离开的理由。你要是跟谁说了实话，我便将你四分五裂，大卸八块！"

说完，那亡魂便消失了踪影。新娘由于太过恐惧昏厥过去，直至黎明都没有恢复意识。

即使如此，转天早晨，在明亮的阳光照射下，新娘觉得有些不可思议，开始怀疑昨夜里的事到底是不是真的。但是那个恐怖的女人警告她的那些话，仍令她心头沉重。所以前妻的亡灵出现这件事，她绝不能告诉丈夫抑或其他人。她强打精神，告诉自己只是做了一个让人心情不好的噩梦罢了。

然而当天夜里，新娘再没有怀疑的余地了。依然是在丑时，家犬开始悲伤地吠叫，丁零丁零的铃铛声慢慢地从院子靠近。新娘想要起身大叫，却还是无法做到。已经去世的女人进入房间，来到她跟前，用嘶哑的声音说道："你给我出去。但你绝对不可以将理由说出去。你要是对夫君有半点泄漏，我便将你撕个稀巴烂！"

这一天，亡灵再次来到新娘的床铺旁，弯下腰来小声嘟哝着，凶狠的神色咄咄逼人，形容凄厉。

次日清晨，武士从城里回来，年轻的新娘跪在丈夫面前，苦苦哀求道："求您了。"新娘说："我知道，提出这样的请求是忘恩负义、非常逾越无礼的，但还是请您让我回娘家吧。我想现在就从这个家离开。"

"难道发生什么让你不高兴的事了吗？"武士惊讶地询问道，"我不在的时候，有人欺负你了吗？"

"没有那种事，"新娘啜泣着回答道，"大家对我都很好……但是我不能再做您的妻子了，必须要从这个家离开。"

"你，"武士大惊失色地质问道，"你说你要离开这个家，这是多么让我心痛的事啊。但是如果没有人虐待你，你又为什么想要离开呢？我实在无法理解，你不会是想要离婚吧。"

新娘身子一震，流下了泪水。她回答道："如果您不允许我与您离婚，我就会死的。"

武士面对新娘的请求，宛如晴天霹雳，他猜想着一切能想象到的线索，但仍然毫无头绪，不解其中缘由。他沉默了一会儿，按捺住自己的感情，这样回答道："你毫无过失便要回娘家，这是不能成立的。如果你告诉我合乎道理的缘由——能够让我同意的理由，我便如你所愿，写下离婚状。但是你要是给不了我一个合理的解释，我便不可能和你分开。这件事事关家族的名誉，我的家族不能有任何污点。"

话已至此，新娘意识到自己再也无法隐瞒。尽管害怕那个女人的威胁，她依旧毫无保留地说了出来。言毕，新娘失魂落魄地说道："现在我都告诉你了，那女鬼一定会杀死我的……一定会杀了我……"

就算是平素勇敢无畏、从不信鬼神之说的武士，这时也有些恐惧了。不过，他马上就想到了一个看似稳妥的解决方法。

"你呀，"武士说道，"你是有些神经过敏了。不知是谁给你讲了些蠢话。不能因为在这家里做了噩梦，就要闹离婚。我不在家的时候竟让你如此心痛，真是太可怜了。今晚我必须去城里一趟，但我不会让你独自一人的。我派两个家臣在你房间守着。这样你就可以安心休息了吧？这两个人武艺高强，他们会尽全力照顾你的。"

这样，因为丈夫温柔体贴地劝说，年轻的新娘也开始为自己的恐惧而不好意思起来，就决定留在家里了。

三

为了新娘而留下的两位家臣，体格健壮又勇敢忠实，平时经常给夫人和小孩做护卫。两人为了让新娘高兴，便给她讲了很多有意思的故事。新娘专心致志地和家臣聊了很长时间，被他们有趣的笑话逗乐，将那些恐怖的事情抛诸脑后。

新娘终于上床睡觉了，两位家臣挎着刀来到房间的一角，背靠屏风。为了不吵醒年轻的新娘，二人一边下棋，一边轻声说话。新娘宛如婴儿一般香甜地睡着了。

然而到了丑时，新娘再次从毛骨悚然的恐惧中惊醒，发出惊恐的呻吟。耳畔又传来了铃铛的声音。声音似乎已在附近，而后，铃铛声越来越近。新娘从床上一跃而起，大声呼救。可房间中没有丝毫动静，死一般的静寂沉重地笼罩了每个角落。新娘急忙跑到两位家臣的身边。两位男子却坐在棋盘前一动不动。年轻的新娘发出悲鸣，不住地摇晃着他们，但他们好像被冻上了一样，纹丝不动。

后来，据两位武士所说，他们都听到了铃铛的响声，继而听到了新娘的呼喊，甚至也知道新娘想将他们晃醒。然而那时他们丝毫动弹不得，也说不出话来。下一个瞬间，他们便什么都听不见，什么都看不见了，坠入漆黑蒙眬的睡意中去。

黎明时分，武士走进新娘的房间，只见那熄灭的灯笼之下，年轻新娘的头颅已被拧掉，尸体横躺在血泊之中。两位家臣在未下完的棋盘面前，依然保持蹲坐的姿势睡着。在主人的叫声下，二人跳了起来，看到床前的惨状，茫然呆滞地伫立着。

新娘的头颅不翼而飞。从那残忍的伤痕来看，新娘的头并不是被切断的，而是活生生被拧断的。血痕从房间一直滴到走廊的角落，那里的窗户像是被人掀翻了。

三人循着血痕一路追到院子，穿过草地，越过沙庭，沿着菖蒲盛开的池塘来到杉树竹林郁郁葱葱的树荫下，就在小径转角处，一个像蝙蝠一样发出怪声的妖怪猛然跃出。那妖怪正是本应埋葬很久的前妻，正露出一副凶狠的神色，一手持铃，一手提着还在滴血的年轻新娘的头颅，在墓前怔怔地站着。

一瞬间，三人仿佛被冻结一般愣在原地。幸好其中一位家臣天性勇武，一边在口中诵经念佛，一边拔出刀来斩向那妖怪。

刀影如电，转瞬之间便将妖怪斩得分崩离析，白色的寿衣、骨骼和头发也碎如齑粉，轰然泻地，与泥土融为一体。一枚铃铛从残骸中滚落，发出丁零丁零的脆响。尽管妖怪的右手已从手腕处斩落，手上的腐肉也被削掉了，却依然蠕动着，仿佛在痛苦地打滚。那右手的五根指头好像黄蟹用它的钳子紧紧抓住落下的水果不放似的，还用力抓着鲜血淋漓的年轻新娘的头颅，又薅又扯，势要将其撕碎。

"这故事也太过惨烈了，"我向讲故事的朋友抱怨道，"女鬼若要复仇，也应当去报复毁约的丈夫啊。"

"男人才会这么想，"朋友答道，"女人们可不是。"

确实如此，我不得不赞同他的话。

振り袖

長袖和服

振り袖伝説

长袖和服的传说

就在最近，我走在一条旧货古玩店鳞次栉比的狭窄小路上时，看到某家店前挂着一件紫色的长袖和服。它手工精细，华丽无比，看上去就像德川时代身份尊贵的公主的礼服。我停下脚步，仔细欣赏着那件衣物上刺绣的五纹家徽 [1]。那时，突然有一个传说萦绕在我的大脑，讲的就是一件与之相似的和服，曾使整个江户陷入一片火海。

距今约二百五十年之前，有个富商家的女儿在幕府城中参加了一场庙会，在熙熙攘攘的人群之中遇到了一位十分英俊的年轻武士，不由一见钟情。女子拜托随从打听那位武士家住何方，姓甚名谁。但遗憾的是，那武士早已消失在人海之中，了

1　和服礼服上的五处家徽。通常最正规的是拔染的五朵向阳花纹，其中背纹一处，袖纹两处，胸纹两处。

无影踪。然而武士的身影，甚至他身着和服的细小纹饰，都深深烙印在女子心中，使她难以忘怀。

　　当日那年轻武士身上穿的盛装和服，华丽程度毫不逊色于年轻女性的和服。更何况，女子深深地爱慕着这位素昧平生而又带着凛然气质的少年，对她来说，就连罩在和服外面的外褂看起来都绚丽非凡。女子便想——如果自己能穿上一件材质、配色、图案都相似的衣服，也许有一天，那位武士就能注意到自己。

　　于是女子决定要做出一件一模一样的衣服来。女子根据当时的流行式样，将和服的袖子改成长袖款式，翩若惊鸿，美丽非凡。女子极为爱惜这件长袖和服，出门的时候总要穿它，在家时则把它挂在屋里，想象着那位不知姓名的情郎如果穿上这件和服会是怎样的情景。女子常常花好几个小时伫立在这件衣服面前，有时沉浸在想象中，甚至会以泪洗面。后来，女子为了得到年轻武士的心，便日夜向神佛祈祷，再三诵唱"南无妙法莲华经"。

　　然而女子最终也没能再见到那位年轻人。她因思恋而心焦，变得日渐消瘦，最后患病死去了。

　　女子的葬礼结束之后，家人将她十分珍惜的长袖和服捐赠给一家菩提寺。像这样处理死者的衣物，是从很久以前便沿袭下来的习俗。

　　因为这件衣服是用上等的绢丝织成的，并没有沾染女子眼泪的痕迹，所以寺院的住持将这件和服卖了一个好价钱。买下这件长袖和服的女子，刚好和去世的女子是同龄人。然而女子才仅仅穿了一天这衣服就得病了，行为举止变得奇怪。她似乎被一个素昧平生而又带着凛然气质的年轻男子的幻影所纠缠。还叫闹着说，因为太爱恋那男子所以马上就要死了。不久，这位女子真的去世了，长袖和服又被献纳给原来的寺院。

住持又一次将那件和服卖掉了。这次将其买下的年轻女子，依然和之前的一样，只穿过一次便生病了。同样地，女子口中说着看到了凛然的人影，便死去了，还是下葬在同一个寺院。同一件长袖和服第三次拿回到寺院，连住持也开始觉得奇怪了。

尽管如此，住持还是铤而走险，再一次将那件不吉利的长袖和服卖了出去。这一次，又是一位年轻女子买下了那件和服，穿上之后便病得十分憔悴，不久后也撒手人寰。这次，长袖和服第四次献纳给了寺院。

终于，住持明白，一定是有什么邪恶的力量操纵着这件衣服，便吩咐门下弟子，去院子里将这件和服一把火烧了。

于是僧人们便烧起火来，将长袖和服扔进火焰中去了。然而，当这件和服被掷进火焰的一瞬间，竟浮现出闪耀的焰火文字——赫然是"南·无·妙·法·莲·华·经"七个字。那些文字依次迸发出四散飞舞的火花，落到屋顶上的时候，熊熊的烈火燃烧了寺院。

不一会儿，火花的余烬飞到了左邻右舍的屋檐上，一瞬间火花所到之处尽数被吞噬进火焰的漩涡之中。偶尔刮过的海风吹起废墟的余火，将火星带往远处的街道。就这样，火焰从一条街道蔓延到另一条街道，从一个城镇扩散到另一个城镇，整个江户城几乎都陷入了火海。

就这样，明历元年（一六五五年）正月十八日发生的这起惨祸，被称为"长袖和服火灾"，如今还在东京的街头口耳相传。

据《纪文大尽》中的长歌所载，定做长袖和服的女子名叫阿纳，其父亲在麻布百姓街经营一家叫作彦右卫门的酒坊。阿纳因为十分貌美，被誉为麻布小町[1]。发生火灾的寺院是位于本乡的日莲宗本妙寺。长袖和服上的花纹是桔梗纹。

关于这个故事，有很多不同的传说。在《纪文大尽》中，那名英俊的年轻武士实则并不是人类，而是曾在上野不忍池栖息的龙的化身。这一段，笔者觉得有些可疑。

（在文章当中，长袖和服火灾时间据载是明历元年，而正确的时间应该是明历三年（一六五七年）一月十八日到翌日十九日之间的两天时间，指的是令整个江户都陷入火海的"明历大火"。

十八日早上十点之后，本乡丸山的日莲宗本妙寺发生火灾，火焰瞬间扩散，最终燃烧到了江户城。除了天守阁被烧之外，江户城的几乎所有的领主府邸、寺院、桥梁、楼塔全部都被烧光了。

据说，这场火灾中死亡人数总计十万两千余人。强风偶发，从前年十一月起滴雨未下，空气干燥，江户城的消防防灾组织还未建设完全等负面条件重合在一起，造成此次巨大灾害。而这篇长袖和服的因缘故事，似乎是后世创作出来的。）

1　源于美人小野小町的传说，小町后用于指代美丽的少女。

衝立ての娘

屏风少女

　　江户时代的作家白梅园鹭水这样写道："在中国和日本的书籍当中，不管哪个年代都有一类故事广为流传：笔精墨妙的画作会有一种超脱自然的力量，令看画人不禁如痴如醉。相传有名画家绘出的画作妙笔生辉，花鸟或人物会脱离绢、纸，有各种各样的行为。而且传说中画家画出的人或物都拥有自己的意志。有一则人尽皆知的古代故事，是菱川吉兵卫所绘的有名画作《菱川肖像画》，先前已经讲过，便不在此赘述了。"

　　在这段文字之后，鹭水又列举了另一幅肖像画，就是下面要讲的故事。

　　从前，京都有一条道路叫作室町道，那里住着一位年轻的学者，名叫笃敬。一天晚上，笃敬办完事回家的路上经过一家古玩店，目光不由驻留在一扇陈列用的屏风上。那是一扇纸做的屏风，上面画着一位年轻的姑娘，真人大小的人物画占据了大部分屏风。

这位年轻的学者完全被这幅画迷住了。问了问价格，尚能承担，便毫不犹豫地买下来带回家了。

笃敬将那扇屏风放在自己的屋子里，独自一人时常常全神贯注地凝视屏风，只觉画中少女变得愈加美丽了。这画非常传神，活灵活现，画中姑娘的年龄大概在十五六岁。如云秀发、纤长睫毛、精致眉眼、莹润小口都画得纤毫毕现、栩栩如生，无法用语言来赞美。姑娘的眼梢仿佛"芙蓉牵引相思情"，嘴唇宛若"一片丹花胜春风"，她的容貌令人爱怜，娇俏稚嫩，无法用语言形容其美好之万一。

笃敬心想，如果被临摹的姑娘真的像画像一样貌美，那么世间的男子都该心猿意马了吧。笃敬还坚定地认为，姑娘真人也定像画像那么倾国倾城。画像精彩绝伦，好像你对她说一句话，她马上就会回应你似的。

一来二去，笃敬坐在画前的次数越来越多，他已经被画中的姑娘迷得神魂颠倒、心荡神驰。"世上会有这么美丽的姑娘吗？要是我能抱她一会儿，哪怕就一小会儿，让我死都愿意。别说死一次，哪怕死上百回都行。"

笃敬完全被画像上的姑娘俘虏了。他太过入迷，甚至钻了牛角尖：除了这画上的女子，他不会爱上其他任何人。然而就算画上姑娘真的活着，应该也不再是画上的容颜了，又或者早在笃敬出生之前，姑娘便早已进入坟墓。

尽管如此，随着时间的流逝，这份无望的爱恋却越来越深，令笃敬日不能食，夜不能寐，就连曾经钻研的学问也不再投入了。每天，笃敬都花几个小时坐在画前说话，对其他的事全不关心。终于，笃敬生病了，他甚至在想，这样下去自己也要死了。

笃敬有个学识深厚的学者朋友，对古典人像画作颇有研究，又对年轻人敏感多情的内心有所体察，对日常发生的不可思议的事情都有很深的了解。听说笃敬生病了，这位高龄的学者便来探望。看了屏风上的画，这位学者便什么都了解了。笃敬有问必答，将迄今为止发生的事情全都说了出来，殷殷倾诉道："如果不能和画中的姑娘见面，我就不活了。"

于是老学者回答道："这是菱川吉兵卫[1]画的画，真实生动地描绘了一位姑娘，但这位姑娘已经不在人世了。但是据说菱川吉兵卫不仅画出了这位姑娘的身姿，更将她的灵魂也一起画了进去。那姑娘的魂魄应该就活在画中。对啦，没错，也许你能抱得美人归呀。"

听了这话，笃敬从床上微微起身，好像看到救命稻草似的望着老学者。

"首先，你得给她起个名字。然后，你要每天坐在画前，将内心情感不断地集中到画里的姑娘身上，这是最重要的。其次，你要温柔地呼唤她的名字，你要不停歇地叫她，直到她回话为止。"

"她能回我的话吗？！"陷入爱情中的年轻人惊讶地叫道。

"是呀，她一定会回答你的。但是还需要有前期的准备。

1　江户初期的浮世绘师。创作手绘画、板画，特别擅长创作木板图书的插画，开拓了浮世绘的新领域。他的画作"回首美人"非常有名，后来被制作成了邮票。

要是姑娘回了你的话，你就需要给她献上我接下来要说到的东西。"

"就是生命我也愿意献上。"笃敬叫道。

"没有那么严重。你需要去一百家酒坊买酒，买回来之后斟到各个酒杯中，给那位姑娘献上去。为了接你的酒，那位姑娘自然就会从屏风中出来了。那之后需要怎么做，那姑娘应该会告诉你的。"

说完，老学者这就回去了。笃敬的相思病终于有救了。他坐到画像前面，温柔地叫着姑娘的名字，叫了很多很多次。那一天，姑娘没有任何回应。

接下来的一天，再接下来的一天，笃敬都在呼唤画中的女子，却没收到任何回应。但是笃敬诚心诚意地相信会有答复，所以一直很有耐心地坚持着。

不知过了多少天，某日傍晚，笃敬对着画呼唤的时候，突然从画中传来了一声"是"。

笃敬惊慌失措地从一百家酒坊买来酒，将酒倒进杯子中，恭恭敬敬地把酒献给画中女子。于是笃敬深深爱慕的姑娘从屏风中出来了，她走到笃敬家中的榻榻米上，为了接受笃敬的酒杯而跪了下来。姑娘露出令人陶醉的笑容，对笃敬问道："为什么您能爱我爱到这种程度呢？"

（据讲故事的人说，那个姑娘比画像上画的还要娇俏玲珑，就连指尖也美若青葱。不仅容貌美丽，而且心地善良，气质典雅，可以说在世上再也没有这么完美的姑娘了。笃敬的答话并无记载，可能是希望读者自行想象吧。）

姑娘又问道："您会不会马上就厌烦我了呢？"

"只要我还活在这世上，就绝不会做那种事。"

"那么，下一世呢？"

（对日本的新娘来说，只有今生今世的爱情，似乎并不满足。）

"永生永世我们都要在一起。我希望你也这样发誓。"笃敬哀求道。

"那如果你对我不好的话，我还会再回到屏风里面的哟。"

两人互相许下海誓山盟。笃敬一定是一个好丈夫吧，因为他的新娘从未回到屏风中去。而屏风上的空白，则一如往昔。

鏡の乙女

镜之少女

　　在足利将军统治期间，南伊势的大和内明神的神殿坍塌了。当地领主北畠公因为战争（应仁之乱）和其他事务疲惫不堪，没有再建神社的财力。于是作为宫司[1]的松村兵库，为了向据说能够影响将军的大领主细川公（室町幕府三管家之一）求助而赶往京都。

　　细川公十分爽快地迎接了宫司，并答应他，会将大和内明神的事禀报给将军。但是复兴神社所需的资金总归要经过相关调查，会耗费不少时间。细川公便建议宫司留在京都，等事情都办完再回去。于是宫司把家人都接到京都来，在京极一带租借了一套宅地。

1　日本的一种神职。掌管神社的营造、祭祀、祈祷等。

那宅地建筑华丽，占地宽敞，却很长时间无人居住。传闻说这是一套凶宅，宅地的东北角有一口井，据说很多从前在这里住下的租客，都莫名其妙地跳井而亡。但是松村是一介宫司，从未害怕过凶灵，便马上搬进了这套宅地，居住得颇为惬意。

那年夏天，旱灾严重，五畿内[1]连续数月滴雨未下，河床干涸，水井枯竭，就连京都也陷入水源不足的困境。但是只有松村家的水井一如往昔地井水充盈。那井水清冽凉爽，微微泛着青色，好像泉水般汩汩冒出。盛夏时节，京都各处前来求水的人络绎不绝，松村便让大家随意打水。即使如此，井水也丝毫没有减少。

然而某日清晨，邻居派来打水的下人死了。人们发现的时候，尸体已经漂浮在水井中了。没人知道他跳井的原因是什么。松村回忆起很多关于这口井不祥的传言，怀疑井里或许栖息着肉眼无法看到的恶灵。于是松村打算在水井周边设一圈栅栏，便去井边查看，一探究竟。

松村独自在水井边凝神思索，忽然感到水中隐隐有活物在动，不由吃了一惊，定睛细看。那动静马上停下来了，紧接着，平静的水面上清晰地映出一位年龄大概在十九二十岁的年轻女子。女子似乎在专心致志地化妆，松村看过去时，她正涂着口脂。松村看着她的侧脸，只见粉颊娇若花瓣，唇色艳若桃李，后来，那女子转过身来看着松村，粲然一笑。霎时间，松村感到一种不可思议的震撼直击心灵，头晕目眩，心如擂鼓，整个

---

1 现在的京都府南东部、奈良县、大阪府、兵库县南东部。

人像喝醉了般醺醺然。接着，松村的眼中只留下女子含笑的面容，周围尽是昏暗一片。女子的脸庞像月光一样皎洁秀丽，且越发妩媚动人，似乎要勾着松村坠入幽深黑暗的尽头一样。松村拼命地想恢复自己的意识，闭目定神，收敛神思，待到再睁开眼睛时，已经不见女子的踪影，周围也恢复了原来的明亮。回过神来，松村身子已探进井的边缘。那种眩晕，那种让人失去理智的诱惑，如果再持续一会儿，松村便绝无生还的希望了。

回到家里，松村命令家人，不管发生什么事都不要靠近水井，无论是谁都不能再从井中打水。转天，水井周围便严严实实地架了一圈结实的篱墙。

过了七天左右，漫长的干旱终于结束了。暴雨将至，闪电雷鸣伴随着激烈的风暴肆虐而来。雷声轰鸣如地震，整座城镇在风雨中飘摇，人们因恐惧而瑟瑟发抖。暴雨持续了整整三天三夜，鸭川一带的水量史无前例地暴涨，很多桥都被冲走了。

风暴持续到第三天的夜里丑时，宫司府邸的大门被敲响，还传来一个女子的声音："深夜拜访，请恕我冒昧。"松村想到自己在水井边的遭遇，便命令下人不要回应那声音，而后自己走到玄关，问道："哪位啊？"

只听门外的女子回答道："真是冒昧，时至深夜还要打扰您。小女弥生，松村大人，我们有过一面之缘。我有重要的话想对您说，请您开门吧。"

松村谨慎地拉开半扇门，只见一副美丽的容颜，正是之前在水井中对着松村微笑的女子。然而如今女子的脸上丝毫不见当时的笑容，只有深深的悲伤。

"我不能放你进家门。"松村大声说道,"你不是人类,是水井化身的妖怪。你为什么如此残忍,要那样诱骗、残害人类啊?"

女子用珠落玉盘般曼妙的声音答道:"我想说的正是这件事情。我从未想过要诱骗人类。很久以前,那口井里便住着一头毒龙,他是水井的主人。那井里的井水总是满溢充盈,也算是那毒龙做的好事。很久之前,我坠落到水井中,被毒龙抓住了。毒龙逼迫我诱杀人类,以满足他吸食人血的欲望。然而神灵终于下令,命毒龙迁去信州(现在的长野县)的鸟井池驻守,且此生不可返回京都。今晚毒龙不在,我才能向您求助。如今井里已经没有水了。只要您命人调查一番,就可以从中找到我的尸骨。请您马上将我的尸骨救出来吧。您的大慈大悲,我定会回报。"

说完,女子便从黑暗中消失了。

风暴在黎明前夕悄然散去。旭日初升,云霞消失得无影无踪,天空万里无云,晴碧如洗。为了查证女子所说的话是否为真,松村一早便派仆人把淘井的搬运工叫来。令所有人惊讶的是,水井里几乎是空荡荡的。扫除工作非常顺利。在井中找到的,仅只有一支款式陈旧的簪子和一面形态珍稀的古镜,毫无任何人或者动物居住过的痕迹。

松村认为,那面古镜就是解决问题的线索。镜子自古以来便可寄存灵魂,是妖术一般的存在,其中所封存的灵魂也多为女性。搜寻到的这面古镜看起来陈旧不堪,锈迹斑驳,苔藓丛生,松村命人细致地擦掉污垢,才看出这原来是一面世间罕见、巧夺天工的铜镜。

镜子背面刻着繁复的图案和文字，虽然很多文字已经模糊不清了，但上面的日期"三月三日"却能看得很清楚。三月，又称弥生（是滋长的意思）。三月三日也是一个节日，如今还被称为弥生节。松村想起那水井中的少女称自己为"弥生"，便确信那位来访的幽灵一定是古镜化作的妖精。

于是松村更加谨慎妥善地对待这面镜子，就像对待人的灵魂一样郑重。松村精心地打磨古镜，又重新为它镀银，定做了一只上等的木匣来盛放，还特意准备了一间屋子用于供奉。

在房间里恭敬地安置好镜子之后，当夜傍晚，松村独自坐在书斋中。这时，弥生突然出现了。她的面容比从前更加惹人爱怜，就像从通透的白云间倾泻而下的夏季月光一样，充满了柔和之美。弥生恭恭敬敬地向松村鞠了一躬，用铃铛般柔美的声音说道：

"您将我从寂寥悲苦的处境中救了出来，所以我特地前来致谢。正如您所猜测的那样，我是镜之精魄。初次从百济来到这里，还是齐明天皇统治的时期。到了嵯峨天皇统治的时期，我有幸被放置在宫中。那之后，我被授予加茂内亲王大人。这样，我便成为藤原家的至宝，被代代相传。然而在保元（一一五六年至一一五九年）时期我被掷入水井之中。因为时值大战（保元之乱），时局动荡，民不聊生，我便一直处于井底，逐渐被人们遗忘了。

"水井的主人就是那恐怖的毒龙。从前，这一带还被湖水覆盖的时候，他便住在这里。后来，执政者要在这里建造住宅，便命人填湖建房，毒龙这才转移到水井里。我一掉入水井，那只毒龙就抓住了我，威胁我诱杀人类。如今，神灵已经下了命令，毒龙被永久流放，我才重获自由。

"还有一件想要拜托您的事情。如今的将军义政公是我原先主人的血脉，我希望您能把我献给他。请您一定要应允我这最后一个愿望。好运一定会眷顾您的。最后，我还要给您一个忠告：您将要遇到危险。明天这座宅邸会坍塌崩陷，您与家人万万不可久留。"

说完，弥生便消失了踪影。

幸好镜之精灵给了松村一个忠告，这才让他捡回一条命。

转天，松村就将家人和细软都转移出去了。几乎与此同时，风暴再次侵袭而来，比往次都更加猛烈，风暴唤起的洪水转眼间便将松村居住过的宅邸冲走了。

又过了几天，在细川公的周旋下，松村得以拜见将军义政公。那时，松村将古镜和记有它不可思议的来历的奏折一起献给了将军。后来，镜之精灵的预言真的变成了现实。将军收到这珍贵的礼物，喜不自胜，不仅赏赐给松村很多价格高昂的宝物，还给他发放了重建大和内明神所需要的资金。

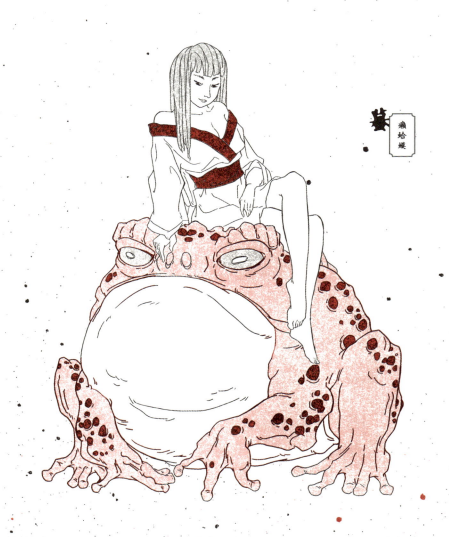

忠五郎の話

忠五郎的故事

很久很久之前，江户小石川一带，住着一位叫作铃木的旗本[1]，府邸坐落在离江户川桥很近的河边。他府邸的佣工之中，一个叫作忠五郎的杂役，长相俊朗，心地善良，又颇有才气，很讨同僚喜欢。忠五郎在旗本府邸已经工作了五六年，一直勤勤恳恳，工作上从未有半点差池。然而最近这段时日，和他一起工作的杂役们发现，忠五郎每到夜里总会穿过庭院离开府邸，到了转天凌晨才会回来。

一开始，和他一起工作的杂役们并没有过问什么。毕竟，忠五郎每天需要做的勤务也都完成了，大家认为他大概是去见喜欢的女子了。然而过了一段时间，忠五郎脸色变得很苍白，做事也提不起精神来。同僚们担心他会不会被卷入什么不好的

1　日本江户时代俸禄在一万石以下、五百石以上的直属将军的武士。有拜谒将军的资格。

事情当中，便再不能坐视不管，决定去慰问一番。一天晚上，忠五郎正准备溜出府邸的时候，同僚们便抓住这个机会，一位年长的杂役拦住他的去路，说道："哎，忠五郎，我们知道你每晚都离开府邸，直到早晨才回来。最近，我们见你形容憔悴，精神不济，担心你受坏人牵连，把身体弄坏了。希望你能给我们一个合理的解释。不然，我们就要履行义务，把这事告诉工头了。不管怎么说，我们都是你最亲近的同僚，能不能告诉我们，你为何不惜违反府邸的规矩，也要每晚外出呢？"

听到这些，忠五郎很是吃惊，有些惊慌失措。他面露窘迫，沉默良久，才鼓起勇气领着同僚们走出院门。他的同僚们亦步亦趋，竭力表现出一副毫不在意的样子。走到一个不用担心隔墙有耳的地方，忠五郎站住脚，开口道：

"那我便都告诉你们吧。不过，我希望你们能保守秘密。我接下来说的话，倘若泄漏给其他人的话，一定会给我带来灭顶之灾。

"这件事发生在今年初春，距今已有五个月了。我结识了一位倾心的女子，那是我第一次在夜晚离开府邸。那天晚上，我回家探望双亲之后返回府邸，在离正门不远的河边看到一位孑然一身的女子。看她穿的衣物，应该是位身份高贵、家境富硕的闺秀。一位端庄的姑娘深夜独自站在那种地方，我觉得实在奇怪。但是我也没有贸然过去问长问短，就准备直接从旁边走过。谁知那位女子却向我走来，拉住了我的衣袖。我一看，真是位年轻美丽的女子。她还对我说：'您能和我一起走到那座桥边吗？我有话想对您说'。

"她的声音娇柔，听起来很是舒心，说话时露出的笑脸也让我感到心动。步行途中，那女子说，她常常看我出入府邸，便对我一见钟情了。她还说：'您可以做我的丈夫吗？如果您愿意爱我，我们二人一定会很幸福的。'

"我一时不知该怎么回答，只是出神地望着她，觉得她真是太美了。快走到桥上的时候，她拉着我的手走到河岸，小声对我说：'请您随我来。'说着便引诱我跳进河中。

"你们也知道，那条河深不见底。我突然心生惧意，想转身就走，可那女子却笑意盈盈，挽着我的手腕说道：'只要紧跟着我，这并不是什么值得害怕的事。'

"不知道为什么，一被她挽住，我身上便失去了力气，好像走在梦里，手脚完全动弹不得。那女子拉着我踏入深水之中，一瞬间，我目不能视，耳不能闻，自己无知无觉，全然不知发生了何事。

"等我醒来的时候，发现自己和女子携手来到一座宽敞的宫殿，那里金碧辉煌，灯光闪耀。身上既不潮湿也不寒冷，周围的环境也都干爽温暖，整洁非凡。我想不明白自己身在何方，也不知道是怎么来到这里的。女子牵着我的手穿过数不清的房间，那些房间都装饰华丽，奢华气派，只是没有任何生活用具，不像是有人居住的样子。

"终于，我们来到一个巨大的客室，似乎有一千张榻榻米（约一千六百二十平方米）那么大。厅堂尽头有一个很大的壁龛，灯火通明，排列着很多坐垫，像是要开宴会似的，只不过毫无宾客的踪迹。女子让我坐在壁龛前，随后在我面前坐下，微笑着问我：'这就是我住的地方了。你我二人可以在这里幸福地生活下去，你不这么觉得吗？'她的笑脸无与伦比地绚丽，我不由

得看呆了，随口答道：'是啊。'

　　"那时，我突然想起浦岛太郎[1]的故事，便在心里想，莫非这女子是水神的公主吗？但我终究没有勇气去问。就在这个时候，侍女们端着酒菜进来，放到我们面前。

　　"女子说：'今夜，是我们立下婚约之日，所以我命人准备了酒菜，以示庆祝。'"

　　"我们二人互相立下誓言，约定生生世世都要在一起，随后对饮用膳，走入已经提前准备好的寝殿之中。

　　"一夜春宵过后，我被她从睡梦中唤醒，女子对我说：'现在还不到凌晨，如今，您已是我名正言顺的丈夫了，我还有事想要请求您。我不能说出原因，但是希望您能对我们的婚约保密。如果留您到太阳升起的时候，就会发生威胁到我们生命的事情，所以您一定得回府邸了，请切勿为此感到不愉快。

　　"'请您今晚再来这里。今后，每天夜晚的同一时刻我们都可以见面。请您在昨晚见面的桥旁等我，我不会让您等很长时间的。我要再向您重申一遍，请千万隐藏我们的婚约。如果您对其他人说了，那么我们便不能再见面了。'

　　"我又想起了浦岛太郎的故事，便和女子立下约定，一言既出，驷马难追。我们再度穿过寂静无人的气派宫室，走到宫殿门口。和来时一样，女子又握住了我的手。突然，我又一次陷入黑暗，不省人事了。等醒过来的时候，发现自己独自站在桥下的河岸上。等我回到府邸的时候，正好在黎明鸣钟之前。

1　日本古代传说。浦岛太郎是一名渔夫，因救了龙宫中的神龟，被带到龙宫，并得到龙王女儿的款待。临别之时，龙女赠送他一玉盒，告诫不可以打开它，太郎回家后，发现认识的人都不在了。他打开了盒子，盒中喷出的白烟使太郎化为老翁。

"那天晚上，我又在约好的时刻走向桥头，那个成了我妻子的女子已经在等我了。还是像之前那样，她牵着我的手从水中穿行，把我带到了度过初夜的那间婚房。那之后，我们每日都分分合合。今晚，她也一定在等着我，我要过去了。因为要是我让妻子失望了，那可比死去还要痛苦。拜托各位了，希望你们不要把刚才说的话透露给任何人。"

老杂役们都用一副难以置信的表情听着忠五郎的故事。正是因为他们不认为忠五郎会说谎，所以才觉得奇怪。忠五郎究竟是被人欺骗了，还是被妖怪迷惑住了呢？不管怎么说，如果是被人施了妖术，便也不能责怪他什么，只能稍加安慰罢了。如果强行阻止，很可能会招致不好的结果。所以杂役们诚恳地对忠五郎说："我们一定不会泄露的，你放心吧。只要你还活着，我们便不和任何人说。你就去见她吧。但是你可要小心，我们总觉得你像是被什么不知来历的东西给骗了。"

忠五郎不作声地笑了笑便急匆匆地走远了。过了几个小时，忠五郎无精打采、满脸失落地回到府邸。

"见到她了吗？"一位老杂役问道。

"不，没能见到。这是我第一次没有见到她，她不会再见我了。我把这个秘密讲给别人听，还违背了誓言，实在是做了一件愚蠢的事。"

年长的同僚试着安慰忠五郎，但都无济于事。忠五郎缄默无言，情绪低沉，晕了过去。而后，他好像身上发冷一样，全身上下不住地颤抖。

听到寺院钟声敲响，黎明到来，忠五郎一度想挣扎着起身，但却再次陷入昏迷，怎么看都像是疾病缠身的样子。显然，他病情严重，同僚们为他请来汉医诊治。

医生仔细给忠五郎诊断之后，吃惊地说道："这位病人身体里已经没有血了，血管里只剩清水，这样看来很难保命。唉，真是可怜的人啊。"

尽管用尽一切办法，汉医都没能挽回忠五郎的生命。日落西山时，忠五郎终于咽了气。年长的杂役将忠五郎的秘密和这件事的来龙去脉都告诉了医生。

"果真如我所料啊，"医生叹息着说道，"这位年轻人本就是救不活的。我还遇到过其他病患，也曾有这样的遭遇。"

"那女人到底是何方神圣？是雌狐狸吗？"

"不是，她们从前便在河岸四处寻找男人。因为她们喜欢年轻男子的血。"

"是蛇女吗？还是龙女呢？"

"不，不，那种动物中午就能在桥下看到，面容丑陋，令人作呕。"

"那究竟是什么啊？"

"是癞蛤蟆。是个子粗大，长相丑陋的癞蛤蟆。"

妖怪のうた

第六章　妖怪之歌

前些日子，我去旧书店搜寻了一番，找到一套和幽灵有关的书籍。全书共分为三卷，都是些描写幽灵的诗歌，书中配有插图，令人耳目一新。这本诗集叫《狂歌[1]百物语》，在以幽灵为题材的书籍中尤为出名。书中所搜集的狂歌作者众多，题材丰富多样，具有跨越时代的生命力。我能完整地得到这三册书，真是三生有幸。

　　该书的编纂者为"内匠尽语楼"，他撰写文章时所用的雅号是"天明老人"。内匠享尽天年之寿，以八十岁高龄于文久元年（一八六一年）辞世，这套诗集似乎在嘉永六年（一八五三年）出版发行。插图出自雅号为"龙斋闲人"的画家正澄之手。

　　据序文讲，一度深入人心、备受欢迎的狂歌到了十九世纪中期渐渐没落，而编者内匠尽语楼却对狂歌情有独钟，希望它能再度兴起。"狂歌"一词中"狂"这个汉字的意思是"精神不正常""疯狂"，所以作为滑稽诗歌的狂歌，就具有了一种独特的风格迥异的味道。形式上，狂歌由五句三十一个假名构成，这一点虽然与日本古典和歌相同，但是主题却与古典和歌恰恰相反。狂歌的艺术效果源于文字游戏，没有足够多的例子是很难理解的。

　　内匠出版的诗歌集中，收录了为数众多的文字游戏，或许欧美人很难理解其中的奥妙。然而作者能够非常巧妙地把恐怖的气息融入诗内，其中有一篇佳作与托马斯·胡德的风格相仿。这种把怪异、奇妙，甚至恐怖等各种感觉交织在一起的日本特有的技法，我想通过把狂歌翻译成英语并附以注释的形式来加

1　日本的一种诗歌形式，多用俗语，饱含滑稽、讥诮、讽刺等意味。

以说明。

我所编选的狂歌集，饶有趣味。狂歌作为日本诗歌的一种形式，迄今为止还鲜有翻译成英语的。我不只是想把狂歌介绍给西方读者，也想让大家多多少少能够窥探到我们尚未探求到的那种超自然的世界。如果不懂得远东地区的迷信故事和民间传说，就无法在真正意义上理解日本的小说、戏曲和诗歌。

由三卷构成的《狂歌百物语》，虽然收录了好几百首狂歌，但正如书名所言，单单看那些描写幽灵、妖怪的狂歌，正好有一百首左右——九十五首。我想，把这些和歌悉数译为英语，读者未必都会感兴趣。因此，我仅仅选取了其中的七分之一，而其他诸如"无颜子""长舌女""三眼僧""枕动""千头""提灯小僧""夜哭石""妖鹭""妖风""龙之光""山中女妖"等作品，并没有给我留下太多的印象。

还有，对欧美人而言，像《姑获鸟》那样令人感到毛骨悚然或心神不宁的情节，便省略掉了。同样，日本某个地区特有却并不在全国流传的故事，我也同样加以省略。比起某个地区特有的民间传说，我更愿意选择日本举国上下都熟知的民间传说。其中很多故事均发端于中国，但这些故事一旦在日本流传，可以说就具备了日本的独特性格，它们作为通俗文学登上了历史舞台并深入人心。

狐火

狐火

一

狐火

由于"鬼火"是狐狸精搬弄出的东西，所以又称作"狐火"。在日本古代绘画中，往往把"鬼火"描绘成飘动在黑暗夜空中的形状模糊不清、像红色火舌一样的东西。为了理解后文中出现的有关狐火的狂歌，首先必须了解以下这些关于狐狸的奇怪传说。

据说狐狸拥有强大的魔性，如果你和来历不明的人结婚，对方很有可能就是狐狸精。很久很久以前，男性村民只能和本村的女子成婚，不能和外村女子通婚，就是这个原因。因此如果你胆敢无视这古老的习俗，那么想要消除本村村民的怨怒可是需要大费周折的。

即便是现在，如果你长时间离开故土，又带回一个陌生的新娘，仍会听到大家的风言风语。比如："不知底细就随便带回人来……她是哪儿来的马骨吧。"对于"马骨"一词，在这里有必要做一解释。

据说，狐狸精神通广大，能变幻成各式各样的东西，所以为了骗人，它们往往变成年轻貌美的女子。而要想变成魅惑的漂亮女鬼，狐狸精得用嘴衔住陈年的马骨或牛骨才行。这样，骨头就会发出光来，把狐狸变成妖艳的荡妇或者烟花女子。所以说，凡是娶回外乡女子的男性都会遭到这样的质疑。

"新娘是从哪里捡回的马骨？"这句话的内涵就是"哪儿来的狐狸精把你给迷住了？"表面上看起来这是在排斥外乡人，其实根源在于，对于游离于社会边缘的那些人，人们一直都抱有敌意。据说，很久以来，日本的人们一直认为"游女"就是劣等人遗留下的产物。

鬼火空中飘，化身狐狸精，游女多妖媚，马骨从何来。

（鬼火在夜幕下飘荡，是狐狸精在四处游荡。你们这些提着灯笼夜行的放荡妇人，不就是一块来历不明的马骨头嘛！）

*"游女"是娼妇的代名词，日语中就使用这两个汉字。这样的女性大多出身卑微，来自社会的底层。整体而言，这首狂歌所表达的真实意义如下："你看，那些提着灯笼的女子，多漂亮呀！可是，狐狸精也会提着鬼火，变成美丽的女子四处游荡。其实，狐狸是靠马骨头才能变成这个样子的。这些妓女再漂亮，也不过就是贱民的女儿，一群勾引男人的下等人！"

夜半踯躅行，小径暗无边。每逢遇狐火，心惊胆也寒。

（深夜行走在昏暗的小路上，周遭鸦雀无声。看到燃烧的鬼火，我吓得简直要魂飞魄散了。）

*这是一首吟咏旅人深夜赶路时遇到鬼火的和歌，由此我们可以想象出他看到鬼火时惊慌失措的情景。日语原文中有"心细道"一词，"心细"是"小心谨慎"的意思，而"细道"则暗含"小路""僻路"之意。

離魂病

二
离魂症

　　"离魂症"一词，是由具有"亡灵""幽灵""妖怪"意义的"离魂"和"病症"复合在一起而形成的词语。按照字面意思解释的话，也可译为"幽灵症"。翻开日英词典，可以看到"离魂症"的词条下写着"疑心病、抑郁症"。实际上，在现代医学领域，这就是"离魂症"一词的本意。

　　然而在过去，"离魂症"的意思是"活人的灵魂离身体而去的一种心病"。因此围绕着这种可怕的病症，留下了许多稀奇古怪的故事。据说，无论在中国还是日本，那些内心拥有强大信念和热切愿景的人，在为爱情而苦恼不已时，魂魄就会离开自己的身体。罹患"离魂症"的人，仿佛同时拥有了两副完全不同的身躯。其中一副身躯留在家里，另一副身躯则飞到他最爱的那个人身边，与其相会。本来，世界各地都存在着不同形态的有关离魂和冤魂的原始信仰。可是，在像日本这样的远东地区，我之所以会被"离魂"的故事吸引，就是因为这些故事往往会和爱情纠葛在一起，无论男女，都会为爱情所困[1]……离魂症不仅仅涉及离魂本身，还涉及引发离魂的心灵的异常。也就是说，"冤魂"本身就是一种"离魂症"。

上述关于离魂的说明解释，其实都是为了帮助读者理解下面这些狂歌的本质。《狂歌百物语》的插图中，有一幅插图描绘的是女主人得了离魂症，一名女佣正小心翼翼地给她端茶递水。对女佣而言，她无法分清眼前的女主人到底还是不是她自己本人。下面这首狂歌则表达了当时那种莫可名状的场景。

缠身离魂症，彼此常纠葛。人鬼情未了，咫尺难分辨。

（患了离魂症的妻子，一会儿这样，一会儿那样，到底哪个才是现实生活中真正的妻子？真是难以分辨，令人一筹莫展啊！）

人无两条命，魂魄归一心。何故不同体，缘于离魂症。

（人的身体和灵魂应该合为一体，可是，一个人怎么会出现两个身体呢？究其原因，都是离魂症在作祟呀！）

旅途归期无，思君心迫切。分身待神术，唯有离魂症。

（丈夫出门远行，遥遥无归期。妻子思念丈夫心切，患上了离魂症，魂魄脱离身体，追随夫君而去。）

陡染离魂症，憔悴影飘零。独自叹命苦，孰料影成双。

（女子患上离魂症后，身体虚弱，骨瘦形销，按理说不应该看到自己的影子，可是回首一望，却发现自己竟然有两个身影！）

* 日语中形容患病后身体虚弱、骨瘦如柴的人时，常用消瘦得"连影子都看不到了"这样的词句来比喻。由于此话中含有"不堪入目"的意思，所

1　拙著《异国情调与回顾》中收录有一篇题为"禅之公案"的文章，就是改编自中国古代离魂文学的代表作品《倩女离魂》。

以也可以理解为：女子为患上离魂症而苦恼不已，容貌在忧愁的侵蚀下逐渐不堪入目。只因她偷偷思慕丈夫之外的男性，才导致她看起来判若两人。最后一句是暗指该女子已移情别恋，期待和别的男人成双入对。

离魂症已久，避居深闺中。顾影独自怜，深恐他人知。

（少女受离魂症困扰已久，独居在深闺大院中，不愿与人接触。她顾影自怜，哀哀叹息，唯恐被别人知晓。）

＊"顾影独自怜"一句意味深长，暗藏玄机。表面上看起来是"怜"惜自己，其实是"恋"上他人。因此这首和歌的真实含义是：女子把自己的真实想法藏在心底，所以才闭门不出。虽然她患上了相思病，但也绝不会把最真实的感情轻易表露出来。

身在此身处，魂在他魂旁。茫然全不知，白首护青丝。

（女儿的身体虽然就躺在眼前，但是她的魂魄早已飞入了意中人的怀中。白发苍苍的老母亲对此一无所知，只是尽心尽意地照顾着自己的女儿。）

＊此诗中的"白首"是指白发苍苍的老母亲，"白"也有"空白"之意，此处也暗指老母亲对女儿的私情一无所知，大脑一片"空白"。

对镜贴花黄，镜中现双影。双镜遥相望，难辨魂与形。

（女子坐在梳妆台前打扮，梳妆镜里却显映出两个自己。由于患上了离魂症，前后两面好像又各自变成了两面，镜子与倩影交相辉映，难辨真伪。）

＊该和歌内涵丰富，意味深长，可以有多种解释。日本女性化妆时，常使用两面镜子相对映照。一面镜子带把儿，可以持在手中；另一面镜子是梳妆台上的大镜子。两面镜子互相映照，可以看到脑后的发髻。可是，受离魂症的影响，坐在化妆台前的女子除去自己的正面和背姿，还在镜中看到了不同的身影。也就是说，镜子里还有另一个自我。

　　镜子也是这首和歌吟咏的主要内容。由于离魂症作祟，两面相互映照的镜子似乎也着了魔。于是镜子和女子的魂魄在精神上产生了共鸣。

大蝦蟇

三
大蟾蜍

在中国和日本的古代文学中，蟾蜍是一种具有超自然能力的精灵。对此，人们都深信不疑。它具有魔法，不但能呼风唤雨，还会喷云吐雾，制造出美丽绝伦的幻影。据说，蟾蜍精灵中的良善之辈是神仙的朋友。日本美术中有这样一种造型，画中的"蟾蜍大仙"不是肩膀上扛着一只白色的大蟾蜍，就是身旁有一只大蟾蜍供他驱遣。

然而蟾蜍中的邪恶之辈却会使用各种各样的妖术来魅惑人们，使他们陷入灭顶之灾。拙著《古董》中收录的"忠五郎的故事"，讲得就是这样一种情形。

巨目如铜镜，大口似银盆，蟾蜍善化生，魔性不一般。

（由于传说中的蟾蜍眼睛和嘴巴都巨大无比，所以形容它的眼睛睁大时就像铜镜，嘴巴张开时就像银盆。看到它长成这个样子，想必大家都会知道蟾蜍是一种具有非凡魔力的精灵吧。或者说，人们都明白蟾蜍善于各种变幻。）

*在日语里，"化生"和"化妆"这两个词以汉字形式出现的话，需要用到不同的汉字。可是，一旦写作假名，都可以用写法和发音完全相同的"けしょう"来表达，它是一个具有双关意义的词。因此用假名书写的"けしょうのもの"一词，既有"化妆物品"的意义，更有"化生变幻"为精灵鬼怪的意思。

蜃気楼

四
海市蜃楼

在远东的传说中,"海市蜃楼"是仙人居住的地方,那里也称作"蓬莱"。

日本的神话里出现了各种各样神通广大的生物,它们能制造出蓬莱的海市蜃楼,拥有魅惑人心的力量。古代绘画中的蟾蜍就能口喷蒸汽,制造出奇妙的蓬莱仙境图。

可是,经常能生成海市蜃楼这种幻影的是日本的一种软体动物,它叫作蛤蜊。

蛤蜊会张开贝壳,向外面吐出雾霭一般的紫色气体。那气体可以变幻成各种形状,光彩夺目的蓬莱仙境和海底龙宫的幻影就是这样形成的。

文蛤贝壳张,海市蜃楼生。龙宫俏公主,缓缓把身现。

(蛤蜊张开嘴时,会出现海市蜃楼。于是人们就能清清楚楚地看到龙宫公主的美丽身影。)

退潮浪头缓，文蛤留滩边。海底龙宫状，尽藏贝壳中。

（快来看呀，退潮的海滩上布满了蛤蜊。海底龙宫的盛况，可都藏在这些贝壳里。）

ろくろ首

五
辘轳首

追根溯源的话，英语中怎么也找不到和"辘轳首"同源的词语。

"辘轳"一词，通常是指像滑车、钩轮、卷扬机、旋床、陶工用的陶轮等能够旋转的东西。因此，仅仅把辘轳首翻译为"骨碌碌旋转的头颅"或者"旋转的头颅"是不够的。在日本人的想象中，说到辘轳首，那是指既能骨碌碌地转来转去，也能根据旋转的方向自由伸缩的头颅。

所以被赋予妖怪意义的辘轳首，有以下两个特点：

（一）活人在睡梦中脖子会变长，令人感到十分惊讶。他的脑袋极其贪婪，能转来转去，到处去寻找食物。

（二）头颅完全脱离身体后四处游荡，之后还能再回到自己的身体上来。

沉沉睡眠中，蓬蓬乱发生。辘轳首伸出，长可及千寻。

（哎呀，那乱蓬蓬的头发中竟然伸出了一颗头颅，其脖颈之长，真是令人感到不可思议。）

眼前无头人，莫非妖怪身？身在庐山中，辘轳首自惊。

（辘轳首在空中看到自己的身体，不由得大吃一惊，它心里想，难道这是一个无头无脑的妖怪吗？）

倏忽至梁间，似闻嬉笑声。但见辘轳首，狰狞骇心头。

（辘轳首沿着房顶的正梁移动，转瞬间便来到了梁柱之间。听到它的嘻嘻笑声，再看看它那狰狞的面目，不禁令人魂飞胆寒。）

* 这首诗的词语中有好几处谐音，完全读懂并不容易。比如"つかの間"有"迅速""倏忽"的意思，这个词语就和日语房顶上的"梁柱"谐音。

六尺屏风上，探出辘轳首。五尺男儿汉，缩身成一团。

（看到辘轳首从六尺高的屏风上探出来，就连身高五尺的强壮男子也感到心惊胆战，不禁吓得缩成一团。）

* 日本屏风的高度通常为六尺（约 1.8 米）。

雪女

六
雪女

　　"雪女"是白雪精灵的化身，虽然它拥有各种各样的形态，但在日本古代传说中，雪女往往变幻为美女出现。而且人们一旦落入雪女的怀抱，便会命丧黄泉。

　　雪女缓缓移步来，梳笄通体皆晶莹。

　　（雪女的梳妆打扮与普通女子大相径庭，就连她的梳子和发簪也都是由寒冰制成，晶莹剔透，美丽无双。）

　　*"笄"是古代的一种簪子，质地为玳瑁，常用来插住挽起的头发。雪女所用的寒冰簪非比寻常，远非普通发簪所能媲美。

　　雪花纷纷眼迷离，踏雪无痕雪女魂。

　　（世界上存在雪女吗？雪女的出现莫非是人们的错觉？否则，当人们凝神静气，举目四望，寻找雪女时，怎么完全看不到她留下的点滴痕迹呢？）

　　空中鱼肚白，雪女无影踪。眼前俏佳人，原来柳树栽。

（黎明时分，雪女不知所踪，谁也不知道她究竟去了哪里。你看，前面不就是那个冰清玉洁的美丽女子吗？可是走近一看，原来那里立着的是一棵婀娜多姿的柳树啊。）

雪女貌多柔，柔情似水长。折松摧竹力，所向皆披靡。

（表面上看起来，雪女身材苗条、娴静温柔。可是，她却神通广大，法力无边，即便是苍松劲竹，在她面前也难以招架。）

寒气逼人紧，浑身战栗忙。雪女细柳腰，忘却冰与寒。

（雪女冰清玉洁，神圣不可侵犯。她美丽动人，宛如柳树一般的纤纤细腰勾魂摄魄。在她面前，就连风雪也供她随意驱遣。可以说，目睹雪女风采的人们，就连冬日的严寒都感觉不到了。）

★日语中的"ぞっとする"可翻译为"打寒战""激灵"，此处指看到温柔美丽的雪女，人们就好像有触电般的感觉，浑身一激灵，完全被雪女迷倒。诗中用"细柳腰"来形容雪女身材苗条、婀娜多姿。纵观全诗，雪女风姿绰约，傲雪凌霜，其女性的独特魅力得到了淋漓尽致的表现。

船幽霊

七
船幽灵

　　据说溺水人的亡灵会一边喊着索要水桶和舀子，一边在船只后面紧紧追赶。把水桶和舀子交给幽灵极其危险，所以在交付之前最好把水桶的底部去掉。而且绝对不能让幽灵看到你对水桶动了手脚。如果不把桶底去掉就把它们交给幽灵的话，幽灵就会用水桶和舀子将船只灌满水，使之沉没。这样的幽灵，人们通常称之为船幽灵。

　　船幽灵之中，一一八五年在坛之浦会战中灭亡的平家一族的武士们的亡灵们最为知名。平知盛是平家的一员大将，他死后成为船幽灵，尤为可怕。古代的彩色浮世绘版画，描绘了平知盛带着部下的亡灵在海上乘风破浪、勇猛袭击过往船只的情景。弁庆是平家死敌源义经最出名的家臣，他乘坐的船只也遭到了船幽灵的袭击。于是弁庆便用随身携带的念珠驱赶亡灵，船只因此才得以获救。

知盛肩负船锚在海上行走的勇武形象多次成为传统绘画的题材。民间流传着这样一个故事，一旦有船只靠近下关，进入或停泊在船幽灵活动的海域，知盛就会携带他的部下们来把船锚拔走。

　　后颈冷飕飕，疑为水来泼。借我长勺来，鬼叫近船前。

　　（"给我长把勺子"，船幽灵大声叫喊着，听到如此瘆人的叫声，坐在船上的人都感到头皮发麻，后颈发凉，像是从身后被泼了一盆冷水似的。）

＊木制的勺子柄很长，能够用它把水从水桶里舀出。

　　有心持勺与幽灵，未及拔底人已瘫。

　　（在递给船幽灵长勺之前，船长想把勺子的底部去除，可是他还没来得及这样做就已经被吓瘫了。）

　　弁庆念珠有神功，知盛影子难浮现。

　　（多亏了弁庆的念珠，才能把追逐船只的幽灵甚至知盛的鬼魂，全都镇住。）

　　幽灵本应居黄泉，为何现身蓝海中。

　　（鬼魂本来应该待在黄泉之国，可是它们为什么会出现在蔚蓝色的大海之中呢？）

＊人去世后居住的世界称为"黄泉"，蔚蓝色的大海在古代日语中叫作"青海原"，这些词经常出现在神道教的祈祷文中。

　　单肩负锚碇，知盛追行船。将军显神威，一跃上船头。

　　（海面上有一个人肩负沉重的锚碇，在拼命追逐航行的船只。原来那是知盛将军的亡灵，现在已经跃上船头了。）

　　罪孽多深重，石沉大海底。漂浮求生意，纷纷攀船舷。

　　（"我们或许也能够得救吧！"那些坠入罪孽之海的幽灵一边尖叫

着，一边死死抓住过往船只的船舷不松手。)

*这首和歌，读来令人毛骨悚然。诗中的动词"漂浮"有两层含义，一是指漂浮在海面上，二是指得到佛教的救赎。

幽灵浮水面，一心入船来。欲望深似海，执念难救赎。

(幽灵们踏浪而来，在船尾争相追逐，一心想钻入我们的船内寻求救赎。这些溺水而亡的人们呀，没想到它们的执念竟如此强烈！)

*该首和歌运用了不少文字游戏，比如"执念"一词，它含有"想法""观念"等意义。人冤死后，那种复仇的念头久久盘桓在心头，难以消除。日本有许多以幽灵复仇作为题材的戏剧，每当剧中有人喊道"死人的执念又回来了"，这句话背后的真正意思是"心怀怨恨的冤魂又现身了"。

怨恨心头生，形骸浪里浮。船舵难操纵，知盛作祟忙。

(平家将军知盛的亡灵登上船尾，他心怀怨恨，面目狰狞可怖，船只如此摇晃且不辨方向，都是因为他来作祟的缘故。)

*最后一句出现了知盛的名讳，其中还包含另一番意义："知"字的日语发音和"船尾"的发音相同，而"盛"字的日语发音还有"泄漏"之意。所以这首和歌不仅仅是说知盛的鬼魂登上船尾，妨碍船家操控船只，还隐含船会漏水而沉的意思。

平家落水人，尽数喂鱼虾。幽灵逐船去，血雨腥风来。

(沉没在海底的平家一族的人们，想必都成了鱼虾的美食。死人的鬼魂在海面上追赶着船只，那种血腥的气息，也都是他们给带过来的吧。)

*血雨腥风是指源氏与平家展开最后决战的血腥场面，平家将士落水后，不分男女老幼，悉数喂了鱼虾。其场面之惨烈，可见一斑。

平家蟹

平家蟹

八
平家蟹

在我的著作《古董》一书中，能读到有关"平家蟹"的故事。这种螃蟹背甲上生长的沟纹看起来就像是一张怒气冲天的人的脸谱。在日本下关就出售这种奇怪的螃蟹干。据说在坛之浦决战中，死于非命的平家武士们的怒火和怨气都转移到了这里的螃蟹身上。"平家蟹"因此而得名。

潮退海滩平，列队平家蟹。威武不能屈，侧目睨尘世。

（潮水退去的沙滩上排列着整整齐齐的平家蟹。它们气势威武，眼神不屑一顾，仿佛在睥睨这俗世的一切。）

* 在日语里，该诗中的"退潮"和"海滩"有谐音之处。此外，排列着整齐队伍的平家蟹，暗指古时训练有素的平家将士。

将士沉西海，托愤平家蟹。赤旗色犹在，物是人已非。

（很久很久以前，平家全军覆灭，将士们都沉没在西边的海域。而平家蟹的甲壳上，迄今为止还保留着红色，那可是平家军旗的颜色啊。）

一张赤红脸，两对大螯钳。败北坛之浦，胸中常挟恨。

（平氏一族在坛之浦海战中败北，族人们心中的怨恨就像平家蟹胸前高举的那两对大螯足一样，很难轻易放下。由于愤怒和惭愧，平家蟹背上的人脸图案才会呈现出通红通红的颜色。）

兵败如山倒，挟恨在心间。化身平家蟹，舞动大螯钳。

（在最后的决战中，平家军队被源氏悉数歼灭。平氏一族胸中充满了怨恨，因此平家蟹才会挥舞着胸前的那两对大螯钳，愤愤不平吧。）

＊本诗最后一句中"大螯钳"的"钳"字，既可以当名词用，也可以作为动词使用。此外，日语中"钳"的发音和"挟"的发音相同，"挟恨"的意思就是"心里怀着怨恨"。所以"挟恨在心间"一句和"舞动大螯钳"一句相互关联，这两句诗都表明了平氏一族在战败后愤恨不平的心境。

家鳴り

九
家鸣

　　近来出版的词典中，"家鸣"的词条下并没有"令人毛骨悚然"这一义项，只是写着"地震时房屋摇晃发出的声音"。但是所谓家鸣，其实是幽灵晃动房屋的声音，就是说始作俑者的模样无从知晓。不知道出于何种原因，但是房屋在夜里摇来晃去，并且发出嘎吱嘎吱的声音，人们往往会认为这是一种超自然的力量在作祟。

　　盆栽壁龛立，挂轴墙上悬。房屋剧烈晃，家鸣一时休。

　　（壁龛里放置的盆栽突然倒了下去，墙上挂着的山水画卷轴也因房屋的摇动而晃来荡去。）

　　* 日本房屋的壁龛比较靠里，是一个主要起装饰作用的空间。通常，壁龛所在的墙上挂着卷轴，地板上装饰着插花或者盆栽。

逆さ柱

十

逆柱

照字面意思解释，"逆柱"一词就是"顶部和底部上下颠倒的柱子"。木头柱子，特别是用于建造房屋的柱子，要按照它原来的生长方向，也就是说，按照顶部在上根部在下的规则来建造房屋。据说，人们相信把柱子颠倒过来盖房子是不吉利的。万一不小心搞错了柱子的上下位置，就会发生可怕的灵异事件。

一到夜里，逆柱就会嘎吱嘎吱地发出呻吟声，柱子上的裂缝像人的嘴一样张开，树节也好似睁开的眼睛。大树的精灵（每根柱子里都有）会从柱子里伸出细长的身躯，愁眉苦脸地倒立着满屋子走来走去。

不仅如此，逆柱精灵深谙家庭纷争之道，往往能使一个家庭陷入混乱之中。它能煽动家庭内部纷争，给家庭成员和用人们带来不幸。而且木匠干活时出现的差错，逆柱精灵也都了如指掌，如果它实在看不下去了，就会主动纠正这些错误。

木柱头颠倒，心存芥蒂为何端？

（是谁把木柱头朝下盖的房子？一定是心存芥蒂的小人故意为之。）

飞驒山高耸，伐木做梁柱。工匠来何方，竟建逆柱宅。

（这座房屋的柱子采伐自飞驒山，运到这里却颠倒着立了起来。是哪里来的工匠，出于何种居心才会这样去建造房屋？）

*该和歌中的"たくみ"是个多义词，可以理解为"工匠、木匠""阴谋、计谋""恶意"等意。如果理解为前者"工匠"之意，说明工匠盖房时不小心把柱子颠倒了过来；如果理解为后者"阴谋"之意，则说明工匠在施工时故意做了手脚。

上下颠倒立木柱，忧愁悲苦从中来。

（既然盖房时把房屋木柱的上下位置搞颠倒了，那么各种烦恼和悲苦就会接踵而来吧。）

*按照字面意思，"忧愁悲苦"通常指各种不幸、矛盾、逆境和烦恼之事。

壁上如有耳，倾听闻异响。嘎吱嘎吱吱，源于逆柱中。

（如果墙壁也有耳朵的话，你就好好听一听吧。从颠倒过来立起的木柱里，分明传出了嘎吱嘎吱的奇怪声音。）

寻访生意人，不意问异声。放眼四处顾，逆柱口目张。

（我去拜访一个做生意的朋友时，在他家里突然听到一阵很奇怪的声音。我四处张望，发现声音竟然是从逆柱上的裂缝里传来的。）

*这首诗的第四句里也有谐音，"われ"一词既有作为客人的"我""我的""自己的"意思，也有"裂缝""裂开""裂纹"之意。诗中的"逆柱"不仅指"柱头朝下建的柱子"，还指代在柱子里藏身的鬼怪。

逆柱屋中建，逆诗柱上挂。如此大谬误，恐被幽灵犯。

（谁才会做出这样的怪事呢？本来就已经颠倒建立的木柱上，竟然还把条幅给挂反了。难道做这些事的人们都中邪了吗？）

266

＊这句诗的意思是"连挂在柱子上的条幅都给挂倒了，简直是大错特错"。日本屋内柱子上挂的条幅多为字画，雕刻或绘画在薄薄的木板上，十分精美，主要起装饰作用。

化け地蔵

地蔵菩薩精

化け地蔵

十一
地藏菩萨精

　　在日本佛教中，美丽精致的地藏菩萨是孩童亡灵的守护神，是大慈大悲的化身。地藏菩萨遍及日本全国各个村庄，往往伫立在道路旁边。但是据说也有一种地藏菩萨到了夜间就会变成精灵四处游走，它们的所作所为让人不寒而栗。

　　因为这样的地藏菩萨会变成人形，所以被称作"地藏菩萨精"。毫无疑问，在过去的绘画里，地藏菩萨精会不知不觉地出现并困住人类。此外，地藏菩萨精的石像通常为少年模样，石像前总是供奉着糍粑。

　　地藏菩萨像，若无其事样。夜色笼罩中，御影多恐怖。

　　（地藏菩萨的石像若无其事地守在路旁，据说一到夜里就会变成十分恐怖的样子。菩萨的尊容看起来似乎并不是普通的地藏菩萨呀！）

　　* 黑色的花岗岩在日本被称为"御影石"。"御影"一词为尊称，其意义为

"庄严之相""神圣尊贵"，多用于神佛或天皇。"御影"中的"影"除了"影子"之外，还含有"身姿""力量""神佛之力"等意思。"御"在日语里属于敬语接头词，常冠于神佛的名称或事物之前。

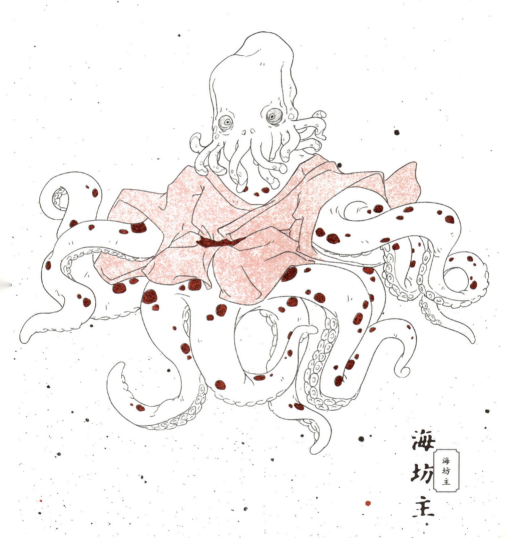

海坊主

海坊主

十二
海坊主

　　一提起海坊主，我的大脑中就会联想到这样一种造型：海坊主就像是一只大章鱼，样子奇怪极了。它的大脑袋圆滚滚的，和身体一般粗细，也有人把它的雕塑摆在书桌上。海坊主的大脑袋很光滑，就像剃过头的僧侣脑袋，上面还长着一对滴溜溜乱转的眼睛。弯弯曲曲的触手从大脑袋那里伸出来，动来动去（有的触手上覆盖着一层黑色的黏膜），宛如僧侣飘动的袈裟。

　　海坊主经常出现在日本的怪谈文学和通俗绘图小说中。海面上波涛汹涌时，它就会从海底钻出来捕食猎物。

　　船板薄又轻，波涛在下方。一片黑袈裟，疑为海怪来。

　　（船中的乘客和大海之间不过只是隔了一块木板而已。船下恣意汪洋的大海如地狱一般可怕，如果再从中冒出浑身黝黑的海坊主来，简直令人魂飞魄散。当然啦，这样的事情是不会发生的。）

　　*这首和歌中谐音之处甚多，翻译起来十分棘手。比如"あやしき"一词就

有"难以置信""令人吃惊""超自然的""毛骨悚然""形迹可疑"等多种含义。开头两句的意思是"船板很薄，在海上航行，稍有不慎便会出危险，下地狱"。(请参看我的另外一本著作《佛国的落穗》，其中我也引用了这首诗。)

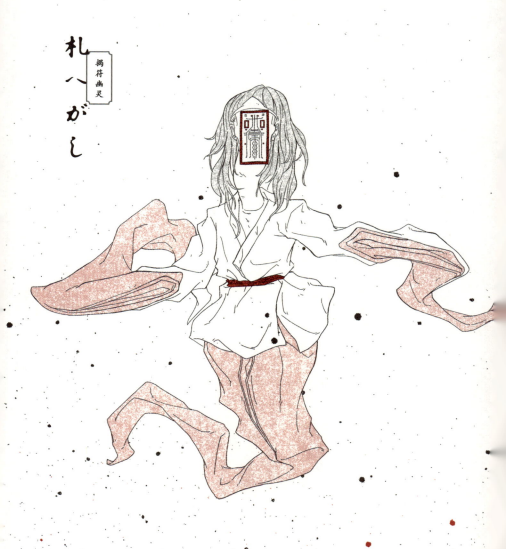

札ハがし

揭符幽灵

札へがし

十三
揭符幽灵

　　一般来说，日本家家户户都持有写着经文的纸张或护身符，用来保护家人免受恶鬼之灾。无论是在乡村还是城镇，到了傍晚人们拉上外面的拉门时，你就能看到这些压贴。白天时，由于拉门都被拉进了门套里，所以无法看到。写有经文的那张白纸叫作"神符"，通常会用米饭做成的糨糊贴在大门上。神符上写有很多汉字，种类繁多，比如有"般若波罗蜜多心经""妙法莲华经"等出自佛教经典的字句，也有具备法力的梵文咒语或者显示该户人家信仰宗派的佛咒等。

　　此外，有的人家还会在窗户或墙上有开口的地方用糨糊贴上更小的经文纸张或者版画。纸上往往会写神道教神灵的名字，小型版画上则画着象征释迦牟尼或菩萨的画像。这些符咒都很神圣，它们的种类虽然多种多样，但主要功能都是为了护佑人们。

在贴有神符、受神灵护佑的人家，只要神符不被揭掉，不管是什么样的妖魔鬼怪都没办法在深更半夜来侵犯。

而那些怨念深重的幽灵，由于自己无法揭除神符，就会通过威胁、许诺、诱惑等这样那样的手段，驱使什么人去揭掉神符。这种想要揭掉大门上神符的幽灵就叫作"揭符幽灵"。

* 本人著作《灵的日本》中收录的有关"恋爱因果"的故事，就是围绕流传至今的"揭符幽灵"而展开的。

幽灵来揭符，六字符上书。南无阿弥陀佛，数神符有几枚？

（看到上面写着六个字的神符，幽灵想把它从门上揭下来。这六个字是"南无阿弥陀佛"，幽灵口中念念有词，不知是在数有几张神符，还是在念神符上的这几个字。）

* 日语中的"南无阿弥陀佛"和"有几枚"谐音。

祷告时诵念"南无阿弥陀佛"，主要是净土真宗的信徒所为。当然，其他的佛教宗派也会念诵，尤其是在祭奠死者时，僧人和信徒会一边转动念珠，一边反复诵念"南无阿弥陀佛"。所以诗中的"数"字，会使人联想到数念珠这一行为。

神符门上贴，经咒法无边。糨糊黏性弱，谁敢揭动它？

（家家户户的门和墙壁上都张贴着写有神圣经文的神符，粘贴这些神符的糨糊虽然基本上都失去了黏性，但不管在什么情况下，谁都无法揭掉这些神符。）

古株

山茶老怪

古椿

十四
山茶老怪

　　和古希腊一样，日本古时候也有花精树怪。至今还流传着许多和它们有关的故事，非常吸引人。而且人们对此深信不疑，认为树里会隐藏着鬼怪。据说，在令人感到恐怖的树怪中，美丽的山茶树是不吉之木。

　　山茶树中开白花的品种最为珍稀，备受重视，不会被人视为不祥之物，而开红花的山茶树则不在此例。尤其对于枝繁叶茂的大山茶树来说，那深红色的花朵非同一般。据说山茶树的花朵枯萎时会完整地离开枝干，咔嚓一声掉在地上。

　　古代日本人看到山茶那么大一朵花陡然掉落的样子，就很容易联想到人被斩首时的情景。而且花朵落下的瞬间发出的声响，也与人的脑袋被活生生砍下时的声音一样。尽管如此，由于山茶树的树叶苍翠欲滴，花朵娇艳无比，所以人们多在壁龛处摆上山茶花作为装饰，也在院子里广为种植此树。但是听说在武士家庭，特别是征战期间，按照旧俗是绝不会在壁龛摆设山茶花的。

下面，我给大家介绍的描写鬼怪故事的狂歌尤为出类拔萃。读了这些诗歌，想必读者就会对带来厄运的"山茶老怪"多少有一些了解。据说，山茶树的幼树没什么魔性，不经历一定岁月的树木是不会具备魔力的。而像柳树和朴树等具有魔性的树木，也只有在变成老树之后才会给人带来危险。那些令人感到可怕的动物也一样，猫中的幼猫纯真无邪，非常安全，一旦上了年龄，人们便认为老猫带有魔性。

深夜狂风作，山茶树摇动。红花遍地落，犹如滴血首。

（山茶花娇艳欲滴，色泽深红，就像刚在鲜血中浸染过一样。然而深夜突然狂风大起，山茶树剧烈摇晃，大朵大朵的花朵啪嗒啪嗒地掉落在地上。）

＊诗句中的"ふる"一词，在日语中既有形容词"古老的"的含义，也有动词"摇动"的含义。"滴血首"是指刚刚被砍下来，还滴着鲜血的首级。

草木伏眠夜风起，目鼻齐动山茶怪。

（深夜，花草树木都陷入了沉睡。此时，忽然刮起一阵邪风，草木在风中摇晃，就像山茶老怪在眨巴眼睛和用鼻子嗅什么东西一样。）

＊日语中"目"和"芽"同音，"鼻"和"花"同音。因此诗中的"目""鼻"实际上指的是山茶树的嫩芽和红花。这首狂歌的妙处在于使用了拟人手法，令人有身临其境的感觉。

可疑灯火影绰绰，山茶老树油做怪。

（灯笼火光下的影子绰约不定，感觉瘆人，莫非是因为灯油来自老山茶树的果实，才会如此怪异吗。）

＊诗中的"あやしげ"有"可疑的""奇怪的""超自然的"等意思，"灯火'

意味着"光亮"，会使人联想到它形成的"影子"。以前日本用于照明的植物油多采撷自山茶树的果实，而传说中的老山茶树往往会成精，使用这样的灯油势必让人感到恐惧不已。

以上这些狂歌中所描述的故事或者民间信仰，基本上都起源于中国。尤其是关于树精的传说，似乎多发端于中国。关于远东地区花精树怪的故事，在西方并不怎么为人所知，因此下面我想介绍一则中国故事，以期引起诸位的兴趣。

从前，中国有一位学者，叫作武三思。据日本书籍记载，武三思因格外喜爱花卉而闻名于世。花中他尤其喜欢牡丹，并为此倾注了大量心血。

一天，武三思的宅邸来了一位容貌俏丽的女子，恳请武三思能留她在府中服侍。该女子说，她也是迫不得已才会来从事奴仆工作，不管怎么说，她能读书习字，所以希望尽可能在学者的府邸上做事。武三思为女子的美貌所吸引，便没有多问就把这名女子留在了府上。

该女子品行端庄，举止优雅，怎么看都不像是用人的样子。于是武三思怀疑她很有可能来自宫廷或者大户人家。日常礼仪就不用说了，这名女子还极具绘画才能，就连普通的贵妇也无法与之媲美。此外，她还工于书法，尤擅吟诗作赋，远胜一般的文人墨客。

很快，武三思就爱上了这名女子。他内心思忖道，如何才能博得女子的欢心？每逢同道中人或要人来访，武三思都会唤出女子，让她来招呼客人。只要看上女子一眼，客人们便无不为她的优雅风度而倾倒。

有一天，当时著名的谋士狄仁杰来拜访武三思。于是武三思便唤女子出来拜见，可是却没有得到回应。武三思本想让狄仁杰也见识一下女子的风采，好让他也感到艳羡。武三思觉得很奇怪，就离开席位亲自去寻找，但是却遍寻不见，只得作罢。就在他要返回客厅时，女子的身影却悄无声息地在眼前的走廊里闪了一下。武三思一边喊着女子的名字，一边急忙追了过去。

这时，只见那女子侧身望了武三思一眼，便像蜘蛛一样贴身在墙壁上。等武三思赶到时，女子的身体已经嵌入墙壁，踪迹全无，只是在灰色的墙皮上隐隐约约留下了画像般的人影。这时，墙上的人影眨了下眼睛，对武三思嗫嚅道：

"主人，请原谅我不能遵从您的吩咐……我并非人类，而是牡丹精灵。因为主人您酷爱种植牡丹，我才会变成人形前来报答养育之恩。可是，狄仁杰一向铁面无情，既然他来到府上，我就无法再现身。我必须得回去了。"

话音未落，女子的影子便慢慢消失在墙壁深处，再也看不到了。再看看灰色的墙皮，上面光洁如新，了无痕迹。之后，武三思再也没有看到过这名女子。

上面这则故事，记载于日本人称为《开天遗事》的中国古书里。

※日本人一向极为珍视"牡丹"，据说牡丹是在八世纪从中国传入日本的。现今，日本培育的牡丹花的品种多达五百多种。

[全书完]

梦里不知身是客
怪论奇谈入梦来

一

　　小泉八云（一八五〇至一九〇四），原名拉夫卡迪奥·赫恩，一八五〇年六月二十七日出生于希腊爱奥尼亚群岛中的莱夫卡斯岛。希腊位于地中海地区，东边的大海叫作爱琴海，这个大家都很熟悉。西边的大海称作爱奥尼亚海，爱奥尼亚群岛就位于这里。爱奥尼亚群岛的名称源于希腊神话，据说天神之父宙斯与美丽的少女爱奥偷情时为妻子赫拉识破，宙斯就把爱奥变成了一头雪白的小母牛。这头小母牛与赫拉追逐纠缠期间，走遍了整个爱奥尼亚海，爱奥尼亚群岛因此得名。

　　小泉八云的童年过得并不幸福，他的父亲查尔斯·赫恩是爱尔兰人，母亲罗莎是希腊人。起初，父母的婚姻遭到了女方家庭的强烈反对，后来又由于聚少离多，以及宗教和文化上的差异等种种原因，父母感情破裂。小泉八云四岁时，母亲就把他留在都柏林，孤身回到希腊，从此再没有相见。七岁时，父母离异，父亲也永远离开了他。

笼罩在家庭悲剧阴影下的小泉八云自幼性格敏感，五岁就开始生活在一座巨大阴暗的三层楼房中。由于他声称能在黑暗中看到鬼怪精灵，常常被关"小黑屋"。小泉八云幼年时读过几本关于希腊神话的艺术画册，画册中出现的森林女神、泉水女神、缪斯女神的美丽形象给他留下了难以磨灭的印象。他甚至幻想宗教中的魔鬼会变成书上的美女，出现在自己的现实生活里。可以说，小泉八云从小就有着自己独特的审美情趣和梦幻空间，沉浸其中难以自拔。

对于幼时的心理体验，小泉八云成年后写了一篇文章《噩梦的感触》。他认为人们之所以相信有鬼怪存在并感到恐惧不已，大多是发端于梦，尤其是在噩梦中品尝到的痛苦的积累。小泉八云的幼年生活充满了痛苦不快的回忆，虽然他认为梦中的恐惧和平日里的经验没有太大关系，但所谓"日有所思，夜有所梦"，梦境的形成离不开现实生活中的各种体验。

十三岁那年，小泉八云进入英格兰的乌肖学院（圣卡思伯特学院）学习。十六岁在学校玩巨人木游戏时，左眼受到重击失明。十九岁由伦敦坐船奔赴美国俄亥俄州的辛辛那提市，二十四岁时成为《辛辛那提寻问者》日报的记者。此后，他又到美国的新奥尔良、纽约等地工作。三十七岁时前往西印度群岛的马丁尼克岛，在那里生活了两年。四十岁时乘轮船从温哥华出发前往横滨，此后直到五十四岁离世，他一直在日本居住。从希腊到爱尔兰，从英国到美国，最后再到日本。可以说，小泉八云的一生都在漂泊和游历。

　　二

　　小泉八云一生著述颇丰，其中既有翻译也有创作，主要作品有《克里奥佩特拉的一夜》《奇书拾零》《中国怪异集》《希达》《尤玛》《陌生日本之一瞥》《来自东方》《心》《佛国的落穗》《异国风物及回想》《灵的日本》《阴影》《日本杂录》《日本故事》《骨董》《怪谈》《神国日本》《天河的传说及其他》《文学的解释》《英国文学史》等。

　　其实，小泉八云的名字我虽然早已知晓，但记忆中第一次读他的书却是在二〇〇九年七月。一天，我偶然去天津的老城区鼓楼那边办事，路过一家小书店，便一头钻了进去。书架上赫然摆着小泉八云的《日本魅影》（邵文实译）。《日本魅影》也被译作《陌生日本之一瞥》，该书出版于一八九四年，是小泉八云赴日后出版的第一部作品。《日本魅影》的内容简介中提到，小泉八云"以一个西方人的眼光来看待二十世纪初期的日本生活，为读者呈现了日本的秀美风光、民情风俗、鬼神传说乃至封建迷信。……甚至可以说，这是一本西方人写的关于日本的《聊斋志异》"。

　　说到《聊斋志异》，国人多半并不感到陌生。然而最初被称作"日本的《聊斋志异》"的，并不是小泉八云的《怪谈》。研究日本古典文学的人基本上都知道，日本江户时代后期的国学者上田秋成（一七三四至一八〇九）所创作的《雨月物语》，被称为"日本的《聊斋志异》"。在动笔翻译《怪谈》之前，其中的不少故事我也有所耳闻。因为笔者硕士论文的题目就是"《聊斋志异》和《雨月物语》的怪奇世界"。《雨月物语》中共有九个故事，其中的"菊花之约""夜宿荒宅""梦应鲤鱼"和小泉八云《怪谈》中的"菊花之约""和解""僧人兴义的故事"有很多相似之处。

小泉八云自己也说过，他的作品集《怪谈》中的很多故事，都是取材于《夜窗鬼谈》《佛教百科全书》《古今著闻集》《玉帘》《百物语》等日本典籍。学者谭阳、牟学苑也对《怪谈》的故事来源做过详细研究，比如《骨董》多从《百物语》《宇治拾遗物语抄》《新著闻集》中取材，像上述的《雨月物语》，还有《十训抄》《梅花心易》等都是小泉八云改编创作的灵感来源。

另外，小泉八云的怪谈作品也和中国的故事传说有着很深的渊源。比如《怪谈》中源自《雨月物语》的"菊花之约"，来自中国的《古今小说》"范巨卿鸡黍生死交"。"三言二拍"中的《喻世名言》也曾收入此篇，其源头甚至可以追溯到《后汉书》中的"独行列传"。小泉八云自己也在《怪谈》的前言中说道："其中一些故事有中国渊源，比如说最明显的是安艺之介的梦，肯定是由中国传来的。不过这些故事的日本讲述者们为了移植它们，已经进行了从头到尾的润色和改造。"说到底，《安艺之介的梦》这一故事就是出自于唐代李公佐所做的《南柯太守传》，其故事源头为唐代的《槐宫记》。

小泉八云早在美国时，就出版了《中国怪异集》（又译《中国鬼故事》），时年三十七岁。这部书包含有六个故事，它们分别是"大钟魂""孟沂的故事""织女的传说""颜真卿重现""茶树的历史""瓷神的故事"。这些故事本身就充满了异国情调，小泉八云又从内容、语言、风格上进行了刻意改编，以突出故事的文学性和艺术性，从而大大吸引读者的眼球，把我们带进一个亦真亦幻的奇妙世界。

三

在小泉八云的诸多作品中，相对来说，人们最为熟悉的还是他五十四岁时出版的《怪谈》。《怪谈》出版于一九〇四年四月二日，五个月后的九月二十六日，小泉八云便因心肌梗死去世。事实上，小泉八云在怪谈类作品创作方面，并不仅限于《怪谈》一书。正如前文所言，怪谈类作品的题材来源也不仅限于日本，还有中国和西欧等国家、地域。据不完全统计，小泉八云赴日十四年间，创作了大量怪谈类作品，这些作品主要集中于《日本魅影》《来自东方》《心》《佛国的落穗》《异国风物及回想》《灵的日本》《阴影》《日本杂录》《日本故事》《骨董》《怪谈》《天河的传说及其他》等书籍中。

本书的特色之一首先在于代表性极强，该版本精心汇聚了小泉八云最具代表性的怪谈类故事、传说。从篇幅上来看，短篇、长篇均收；从艺术效果上而言，既有机智幽默之作，也有不少读来令人感到毛骨悚然、不寒而栗的故事。和以往国内出版的小泉八云的《怪谈》作品相比，本书分为六大板块，分别是：怪谈之旅、仙境中的妖精、轮回故事、妖怪和鬼魂、女人和男人的恐怖故事、妖怪之歌。这也是本书的一大特色，能够帮助读者从整体上把握小泉八云怪谈类作品的主题特色。各个主题既有联系，又相对独立，读者可以根据自己的偏好选择其中的任一主题展开自由阅读。

《日本魅影》是小泉八云赴日后的处女作，"怪谈之旅"中的"磨小豆桥""买麦芽糖稀的女子""弃子的故事""鸟取棉被的故事""亡魂归来"等五篇均选自这部随笔。其中，最令我感动的是"买麦芽糖稀的女子"。

"买麦芽糖稀的女子"中讲到，半夜时分，总会有一个白衣女子到糖果店买麦芽糖稀。看到这名女子行为举止异于常人，店老板觉得好奇，就尾随其后一探究竟，没想到那女子却走进了坟地。在那里，店老板发现了一个婴儿，婴儿身边放着一个盛有麦芽糖稀的小碗。原来女子不是人而是鬼，买麦芽糖稀是为了给孩子吃。这篇故事读来令人唏嘘不止，我想读者体会到的不是恐惧，而是一种心灵的触动吧。

"妖怪之歌"也别有洞天，该部分与其说是小泉八云的创作，更不如说是他对诗集《狂歌百物语》的翻译和介绍。《狂歌百物语》是小泉八云的夫人节子从旧书店淘来的，小泉八云读了如获至宝。诗集的编纂者为内匠尽语楼，在以幽灵为题材的诗集中，这本书尤其出名。正如小泉八云所说，书中搜集到的狂歌作者众多，题材丰富多样，拥有跨越时代的生命力。可以说，第六章的"雪女""辘轳首"等篇是理解同名作"雪女""辘轳首"的原点，值得我们仔细玩味。日本著名的随笔作家兼地球物理学家寺田寅彦也曾说过，读了小泉八云翻译的这些"妖魔诗话"，不但能够更深入地了解小泉八云本人的艺术世界，更能触及数千年间形成的日本民族的精神生活。

四

　　笔者在翻译时，力求译文准确、通顺，尽可能地把原文的韵味原汁原味地传达给读者。翻译大家许渊冲先生经常说"翻译是把一个国家创造的美转化为全世界的美"，但是想要把原文中的美感全部传达出来，又谈何容易。翻译过程中的酸甜苦辣，也许只有译者本人才深有体会。

　　笔者在动手翻译前，也找了《怪谈》的几个译本作为参考，真是感触良多。比如《怪谈》中讲了一个傻儿转世的故事。这个孩子虽然力气很大，但是心智永远停留在孩童水平，因此做了很多傻乎乎的事情。他死前，母亲将他的名字写于掌心，后一富户生子，新生儿的手上就有傻儿的名字。这个故事的名字被几个版本译为"力马鹿"，笔者看了，不知所云。由于小泉八云是用英语写作的，这个故事发表时所用也是英文，即"Riki-Baka"。"Riki-Baka"并非英语，而是汉字"力马鹿"的日文读音。所以有的中文译本就直接译为"力马鹿"。另外，还有译作"傻大力""傻阿力"的。笔者认为，结合原文的内容和读者的接受程度，译为"傻儿阿力"会更容易理解一些。

　　还有，对于"貉"这个译名，也是仁者见仁，智者见智。大部分译本翻译为"貉"或者"貉精"，也有翻译为"獾"的。"貉"的英文题目是"Mujina"，对应的日文汉字是"狢"或"貉"。再看这个故事的主要情节，讲的是一名商人夜行遇到女鬼，因其面无五官而受惊，落荒而逃。孰知他对后面遇到的荞麦面老板讲起此事时，老板抬手在自己脸上一抹，也变得五官全无了。笔者觉得商人先后遇到的鬼怪变化手段相同，乃"一丘之貉"，所以还是译为"貉"或者"貉精"更为恰当。

此外，和歌的翻译往往令我感到十分头痛。日语诗歌中出现的押韵和双关语，我都尽量如实体现，但力所不逮之处仍在所难免。

总之，小泉八云是一个猎奇者，更是一个追梦人。梦里不知身是客，也许，小泉八云的梦境也和庄周梦蝶一样，一旦陷入沉思冥想，梦境和现实的界限就像你在遥远的大海上空飞翔一般，恍惚之间，海天一色，你又怎么能够轻易分清哪边是大海，哪边是蓝天呢？

最后，对本书出版给予大力支持和帮助的编辑老师表示衷心的感谢。如果说馨予编辑对于此书的编辑出版付出了比译者还要多得多的心血，一点也不为过。在此，我衷心感谢馨予编辑的专业与督促，还有她的宽容和善良。谢谢！

由于笔者水平有限，译文中的不妥之处，恳请同行不吝指正。

常晓宏

2019 年 6 月 24 日

小泉八云（拉夫卡迪奥·赫恩） 年谱

一八五〇年（一岁） 六月二十七日作为次子生于希腊爱奥尼亚群岛中的莱夫卡斯岛。（长兄早夭）
父亲查尔斯·赫恩（Charles Bush Hearn）是爱尔兰人，在英国驻希腊的第七十六步兵团军队中担任军医。
母亲罗莎·赛丽古特（Rosa Tessima Cerigote）是希腊人。
父母给他起的名字是拉夫卡迪奥·赫恩（Patricio Lafcadio Tessima Carlos Hearn）。

一八五二年（三岁） 移居父亲的故土都柏林生活。

一八五四年（五岁） 三月，父亲参加克里米亚战争。
八月，弟弟詹姆斯出生。母亲把赫恩寄养在他祖母的姐妹布雷奈夫人家，孤身回到希腊。

一八五七年（八岁） 一月，父母正式离婚。
七月，父亲与艾丽西娅再婚。
八月，父亲与新婚妻子远赴印度。

一八六三年（十四岁） 九月九日，进入位于英国东北部达勒姆市郊外的天主教教会学校圣卡思伯特学院（现在的乌肖学院）学习。

一八六六年（十七岁） 在玩巨人木游戏时，左眼受到重击而失明。
父亲罹患印度热病，病故于埃及苏伊士。

一八六七年（十八岁） 十月，因布雷奈夫人家道中落，从圣卡思伯特学院退学。

一八六九年（二十岁）	由伦敦坐船前往美国，经纽约赴俄亥俄州辛辛那提市，历经各种工作。
一八七四年（二十五岁）	成为辛辛那提《寻问者》（*Cincinnati Enquirer*）日报的正式记者。六月十四日，与黑人混血女子阿希娅（Althea Foley）正式结婚。十一月十七日，报道制革所杀人案的通讯 *Violent Cremation* 在《寻问者》日报发表，引起了很大反响。
一八七五年（二十六岁）	七月，因与阿希娅结婚之故，遭到《寻问者》报社解雇，转任《辛辛那提商报》（*Cincinnati Commercial*）记者。
一八七六年（二十七岁）	年初，开始负责《辛辛那提商报》一个名为《文学短笺》（*Literary Notes*）的专栏工作。
一八七七年（二十八岁）	十月，被《辛辛那提商报》派驻新奥尔良任通讯员。
一八七八年（二十九岁）	被《辛辛那提商报》解雇，六月，成为一家小报《消息报》（*Item*）的记者。
一八八一年（三十二岁）	十二月，进入《民主党时报》（*Times Democrat*）工作，担任文艺部长。
一八八二年（三十三岁）	四月，《克里奥佩特拉的一夜》自费出版。该书为辛辛那提居住时期翻译而成的戈蒂耶的六个短篇故事结集。
一八八四年（三十五岁）	六月，处女作《奇书拾零》出版，这是他翻译、改写的二十七个东方短篇故事的结集。八月，前往墨西哥湾的格兰特岛游览，创作中篇小说《希达》。十二月十六日，新奥尔良世界工业博览会开幕，在采访时结识日本政府外务省官员服部一三，向他仔细询问了有关日本的事情。
一八八七年（三十八岁）	二月，《中国鬼故事》出版。六月，离开新奥尔良前往纽约。七月，受哈珀斯出版社资助，前往西印度群岛旅行，在马丁尼克岛上的圣皮埃尔镇度过了两年时光。
一八八九年（四十岁）	五月，由马丁尼克岛返回纽约。五月中旬，前往费城，住在古尔德医生家，接触到了洛威尔的

《远东的精神》。

九月，中篇小说《希达》出版。

一八九〇年（四十一岁） 一月，翻译的法国作家法郎士的小说《西维斯特·伯纳德的犯罪》出版。

三月十一日，《法属西印度群岛二年记》出版。

三月十八日，受哈珀斯出版社资助，乘轮船"阿比西尼亚"号从温哥华出发前往日本。

四月四日，抵达横滨。

四月五日，游览横滨市内佛寺、神社。

四月上旬，由真锅晃担任导游，游览江之岛、镰仓。

八月三十日抵达松江，担任岛根县松江普通中学及师范学校的英语教师。

一八九一年（四十二岁） 一月，在教务主任西田千太郎的撮合下，与出身松江藩士家庭的小泉节子完婚。

四月十九日，由西田千太郎陪伴前往宇贺山，观看"贱民"的大黑舞。

七月二十六日，在西田千太郎陪伴下到日本海沿岸旅行。

十月底，辞去教职。

十一月十九日，赴熊本第五高中任教，担任英语教师。

一八九二年（四十三岁） 七月十六日起，与妻子小泉节子开始暑期旅行，先后前往博多、神户、京都、奈良、美保关、隐歧等地。

在美国的《大西洋月刊》上连载《陌生日本之一瞥》。

一八九三年（四十四岁） 十一月十六日，长子一雄出生。

一八九四年（四十五岁） 一月二十七日，在熊本五高对学生发表演讲《远东的未来》。

九月二十九日，《陌生日本之一瞥》（全二卷）正式出版，这是他关于日本的最初著作。

十一月，和熊本五高的合约到期。以此为契机，成为《神户编年史》（*Chronicle*）杂志的评论记者，移居神户。

一八九五年（四十六岁） 一月三十日，因眼病之故离开《神户编年史》杂志社。

三月九日，《来自东方》出版。该书对日本人性格的分析鞭辟入里，因此在世界上名噪一时。

十月，前往京都参观"迁都一千一百年纪念"，访畠山勇子墓。

一八九六年（四十七岁） 一月十五日，加入日本国籍，改名为"小泉八云"。

三月十五日，《心》出版。

四月上旬，前往京都、奈良旅行。

九月，举家迁往东京，定居于市谷区富久町，担任东京帝国大学英文专业讲师。

一八九七年（四十八岁）　一月底，让太古正信整理二月的讲义材料"僧尼的幼年生活"。

二月十五日，次子稻垣严出生。

三月，故交西田千太郎辞世。八云赴松江以来，西田氏于公于私对八云多有帮助。

八月二十四日，由学生藤崎八三郎陪伴登富士山。

九月二十五日，《佛土拾穗集》出版。

一八九八年（四十九岁）　十二月八日，《异国风物及回想》出版。

一八九九年（五十岁）　九月二十六日，《灵的日本》出版。

十二月二十日，三子小泉清出生。

一九〇〇年（五十一岁）　七月二十四日，《阴影》出版。

一九〇一年（五十二岁）　十月二日，《日本杂录》出版。

一九〇二年（五十三岁）　三月，迁入位于西大久保的新居。《日本故事》于东京出版。

十月二十二日，《骨董》出版。

一九〇三年（五十四岁）　一月十五日，东京帝国大学文科大学校长井上哲次郎在任期间，接到大学解聘通知。事出突然，八云大为震怒。学生发起留任运动。

三月三十一日，正式离任。九月十日，长女寿寿子出生。

一九〇四年（五十五岁）　三月九日，开始在早稻田大学文学部授课，并与坪内逍遥会面。

四月二日，《怪谈》出版。

九月，《日本试解》（即《神国日本》）出版。

九月二十六日夜，因突发心肌梗塞逝世，葬于东京天台宗自证院圆融寺的墓地内。